나를 운전하다

나를 운전하다

지은이 _ 조정이
발   행 _ 2015년 5월 1일

펴낸곳 _ 수필미학사
펴낸이 _ 신중현

등록번호 _ 제25100-2013-000025호
등록일자 _ 2013. 9. 2.

대구광역시 달서구 문화회관11안길 22-1(장동) 출판산업단지 9B 7L
전화 _ (053) 554-3431, 3432   팩시밀리 _ (053) 554-3433
홈페이지 _ http://www.학이사.kr
이메일 _ hes3431@naver.com

ISBN _ 979-11-85616-21-6 03810

나를 운전하다

조정이 수필집

수필미학사

문득 나를 돌아보게 되었다. 허한 마음뿐이었다. 그때쯤 수필 쓰기를 시작하였던 것 같다. 인생이 그러하듯 수필 쓰기도 만만치 않았다. 채우지도 않고 뱉어야 했으니 날것이 많았다. '책쓰기포럼'이 마무리되면서 한 권의 책으로 엮어지게 되었다. 파일에 저장되어 있던 글을 정리하면서 지난 2년의 시간이 헛되지 않았음을 느꼈다. 시작은 한걸음부터였다.

낯선 곳에서 수필 쓰기는 날 선 마음을 가라앉히고 삶을 어떻게 살아야 하는지 끊임없이 질문을 던져주었다. 자신을 성찰하는 계기가 되었고 타인을 바라보는 시선이 조금씩 따뜻해지기 시작하였다. 수필 쓰기는 묵은 감정을 털어내고 살아갈 방향을 제시해 주는 등불과도 같았다. 숙성되지 못한 글을 세상에 내놓으려니 부끄러운 마음이다.

혼자였다면 책을 엮어내는 일은 어려웠을 것이다. 그동안 흔들릴 때마다 힘이 되어준 문우들에게 고마움을 전한다. 나의 첫 번째 독자인 남편과 아이들에게 고마운 마음과 사랑을 전하고 싶다. 가족은 나를 지탱해 주는 힘이요, 존재 이유다. 가족이 소재가 된 글을 많이 썼다. 앞으로 더 폭넓은 글을 쓰고 싶은 바람을 가져본다.

작년 유월에 먼 길 떠나신 어머니께 이 책을 바친다.

2015년 4월

조 정 이

차 례

책을 펴내며 ● *4*

제1부 토담

지금 여기 ● *13*

굽은 등과 기름때 ● *17*

세 남자와 한 여자 ● *22*

곰과 여우 ● *27*

안전띠 ● *31*

장춘사 가는 길 ● *35*

장롱을 떠나보내며 ● *39*

보따리 ● *43*

토담 ● *47*

공수표 ● *51*

제2부 누워 있는 나무

명함이야기 ● 57

뒤를 돌아보다 ● 61

예방주사 ● 65

누워 있는 나무 ● 70

뒷모습 ● 74

나를 운전하다 ● 78

부끄러운 일 ● 82

수선집 할아버지 ● 86

이름 ● 90

오해와 이해 사이 ● 94

제3부 엄마의 독백

비 오는 날의 풍경 ● *101*

허기 ● *104*

남천을 걸으며 ● *109*

해후 ● *113*

위문 공연 ● *117*

엄마의 독백 ● *121*

잉여의 시간 ● *125*

밥 ● *129*

깨와 참기름 ● *134*

끈 ● *139*

제4부 아들의 축제

선택 ● *145*

봄이 오는 소리 ● *150*

문 ● *154*

책을 나누다 ● *158*

아들의 축제 ● *163*

하얀색이 물들다 ● *167*

보기에 따라 ● *171*

분갈이 ● *175*

등급 매기는 사회 ● *177*

이청득심 ● *181*

주머니 없는 옷 ● *184*

소라 껍데기 ● *188*

제1부
토담

지금 여기

굽은 등과 기름때

세 남자와 한 여자

곰과 여우

안전띠

장춘사 가는 길

장롱을 떠나보내며

보따리

토담

공수표

꽃비가 내린다. 만개했던 꽃이 자신의 소임을 다한 듯 바람결에 떨어진다. 떨림도 애석함도 없어 보인다. 길가에 떨어진 꽃잎을 지나가는 이가 무심히 밟고 간다. 꽃잎이 땅에 납작 엎드린다.

어려서 언니가 입던 옷을 물려받았다. 아홉 살 나이 차이에도 불구하고 엄마는 그 옷을 다시 손질하여 내게 입혔다. 절약해야만 살아갈 수 있었던 엄마의 방식이었을 것이다. 어울리지 않았지만 아무 말 없이 입었다. 아니 당연히 입어야 하는 줄 알았다. 마음속으로는 공주같이 예쁜 옷을 꿈꾸며 현실을 받아들이고 싶지 않았다. 언제부턴가 나를 상상 속에 가두는 버릇이 생겼다. 상상의 세계는 내가 원하는 대로 이루어졌다.

한 번은 엄마가 큰마음 먹고 원피스를 한 벌 사 주었다. 그 옷을 얼마나 아끼며 입었는지 나중에는 작아서 못 입게 되었다. 지금도 옷에 대해 목말라 하면서도 선뜻 쇼핑에 나서지 못한다. 검소한 생활이 몸에 밴 탓인지 옷값에 지출은 줄이게 된다. 어린 시절 옷에 대한 기억을 털어버리지 못했다. 기억에 갇힌다는 것은 형벌처럼 오랫동안 나를 따라다녔다.

결혼 후 신혼살림은 단출했다. 불편한 게 많았지만, 미래를 위해 잠시 접어두기로 했다. 아이 둘을 연년생으로 낳고 몸을 챙기지 못한 탓에 빈혈이 찾아왔다. 얼굴은 노랗고 손톱은 갈라지기 시작했다. 피곤해서 그러나 보다 여겼다. 둔하다 보니 병인 줄 모르고 지냈다. 친정 식구들이 병색이 짙다며 병원에 가보라고 했다. 아이도 어린데 덜컥 큰 병이라도 나면 어쩌나 두려웠다.

의사가 수혈을 권했다. 남의 피가 내 몸속으로 들어온다고 생각하니 피하고 싶었다. 약을 먹고 음식으로 조절해 보겠다고 했다. 몸이 이 지경이 되도록 병원 한 번 찾지 않았다고 의사가 나무랐다. 자신을 아끼며 살란다. 연년생 키우면서 나를 돌볼 겨를이 없었다. 지난 시간을 반추해 보니 욕심이 건강을 해친 것 같다. 잘살아야 한다는 강박관념이 늘 마음속에 자리하고 있었다. 젊어서 고생은 사서도 한다는 어른들의 말을 금과옥조처럼 여겼다.

먼저 경제적인 안정이 우선이었다. 가진 것 없는 사람이 삶의 질을 운운하는 것은 사치라 여겼다. 열심히 살면 채워지는 줄 알았다. 하지만 곳간이 채워질 만하면 사라졌다. 부여잡고 놓지 않으려니 탐욕만 늘어났다. 어느 날 거울에 비친 내 모습이 일그러져 있었다. 살이 쪄 고무줄 바지만 허락했고 두 개의 턱선은 나이를 가늠하기 어려웠다. 메마른 가지처럼 생기를 찾아볼 수 없었다. 만신창이가 된 몸과 마음을 챙겨야 했다.

무엇이든 인연이 닿아야 하는지 억지로는 되지 않았다. 현실에 충실하지 못하면서 미래를 꿈꾼다는 것이 무슨 의미가 있을지 생각하게 되었다. 가끔 내게 선물을 주면서 행복해지는 연습을 했다. 마음속에 꽉 차 있던 잘살아야 한다는 강박관념도 조금씩 내려놓았다. 지금 행복해야 좋은 기운이 모여 또 다른 하루가 시작되는 것을 알게 되었다. 하고 싶은 것을 너무 억누르다 보니 나를 위하는 것도 연습이 필요했다. 주어진 행복을 제대로 누리지 못했다.

신이 인간에게 세 가지 금을 주었다고 한다. 음식의 맛을 내는 소금, 땅 속에 있는 황금, 그리고 주어진 이 시간 지금이다. 셋 중에 으뜸이 지금이라고 한다. 다가오지 않은 미래를 걱정하기보다 현실에 충실해야 한다는 것을 깨달았다. 많은 것을 잃고 나서야 발 딛고 있는 지금이 소중하게 다가온다. 상상 속에 가두는 나를 떠나보내고 이 순간 누릴 수 있는 작은 행복을 놓치지 않으리라.

봄꽃도 오래 머물지 않는다. 화려함도 언젠가는 바람결에 내어준다. 한때 뭇사람의 사랑을 받던 꽃잎도 바람결에 유유히 떨어진다. 기꺼이 봄의 전령사가 되어 절정의 순간에도, 쇠함의 기로에도 흔들리지 않는다. 지금 여기에 충실할 뿐이다.

퇴근한 남편의 모습이 후줄근하다. 옷에 기름이 묻었다고 가까이 오지 마란다. 씻고 나온 남편이 손톱 밑에 낀 기름때가 잘 지워지지 않는다고 열 손가락을 펴 보이며 "보기 싫제?" 한다. 아픈 기억 하나 다가온다.

생전에 아버지의 등은 굽어 있었다. 어려운 살림살이에 오로지 기댈 곳은 육신뿐이다. 생계를 위해 무거운 등짐을 져야 했던 아버지는 오십이 되기 전에 서서히 허리가 굽었다. 마흔을 넘긴 나이에 늦둥이인 나를 봤다. 내가 초등학교 다닐 때 비가 오면 아버지는 늘 우산을 들고 학교에 왔다. 수업을 마치면 가방부터 받아들고 나를 앞세우며 발걸음을 재촉했다. 비가 더 오기 전에 어서 집에 가자고 한다. 다음 날 학교에 가면 친구들이 네 할아버지가 우산도 가져오고 좋겠다고 한다. 나는 두 손을 불끈 쥐고 할아버지가 아니라 우리 아버지거든 알지도 못하면서 아는 척하냐며 화를 냈다.

아버지의 일찍 하얘진 머리카락과 굽은 등은 동무들 아버지 모습과 달랐다. 그들은 아버지를 할아버지라고 불렀다. 내가 아무리 아버지라고 해도 친구들은 할아버지라고 우겼다. 당신은 피부가 가렵다며 한 번도 머리에 염색하지 않았다. 유전이 원인인지 알 수는 없으나 내가 초등학교 다닐 때부터 백발이다. 바꿀 수 있으면 젊은 아버지로 바꾸고 싶었고, 아버지가 학교 오는 것이 싫었다. 내 존재를 거부하고 싶을 만큼 아버지가 부끄러웠다.

운동회가 있던 날이다. 가족끼리 이어달리기 순서다. 아버지는 우리 막둥이 초등학교 마지막 운동회니 우리도 참여하자고 했다. 나는 짜증을 내며 "제발 그만 하이소. 친구들이 아버지를 할아버지로 압니더."라며 운동회도 마치지 않고 울먹이며 집으로 와버렸다. 아버지가 집에 오더니 "늙은 아비가 그리 부끄러웠냐?" 하고는 더는 학교에 가지 않겠다고 했다. 초등학교 졸업하던 날 당신의 모습은 보이지 않았다.

나는 등이 굽어가는 고통도 감내하며 가장의 자리를 지켜냈던 아버지께 한 번도 고마운 마음을 가져본 적이 없다. 부모는 원래 자식을 위해 희생하는 존재일 뿐 외로움이나 괴로움은 처음부터 없는 줄 알았다. 참 철없고 이기적인 자식이다.

아버지 돌아가시니, 늦은 후회는 쓸모없는 것이 되고 말았다. 삼 년 전 첫눈이 소담스럽게 내리던 날 서둘러 가셨다. 수의를 입은 당신의 등이 반듯하게 펴졌다. 삶의 무게와 이승의 끈을 놓고서야 육신의 고통이 끝났는지 모든 근육이 제자리를 찾았다. 반듯하게 누운 모습을 처음 보았다. 굽은 등 때문에 늘 새우잠을 잤다. 그 누구도 가장의 짐을 대신 져 주지 않았다. 그 짐마저 아무런 불평 없이 감내하고서 비로소 평화를 얻은 것처럼 보였다. 당신의 자리는 고독했다. 전화를 걸어도 아버지와는 몇 마디 나누지 않고 엄마부터 찾았다. 외로운 자리를 말없이 지키면서도 당신은 그림자처럼 가족을 품었다. 그 그늘이 너무 커 존재마저 잊을 때가 많았다.

남편이 사업을 시작한다고 했을 때 나는 말릴 수가 없었다. 아이들은 자라고 더는 추락할 것도 없는 삶이라 스스로 돌파구를 찾아야 했다. 성실하게 일해 온 덕분인지 거래처가 하나둘 늘면서 서서히 자리를 잡았다. 호사다마라고 좋은 일만 있는 것은 아니었다. 생각지도 못한 곳에서 부도를 맞았다. 그 일로 스트레스를 받은 남편은 몸에 적신호가 왔다. 한번 올라간 혈압은 떨어지지 않았고 머리가 아파 병원에 갔더니 중풍이 살짝 지나갔다고 했다. 의사는 스트레스를 너무 받지 말라며 약을 처방해 주었다. 신경내과에 온 환자 중에 남편이 제일 젊어 보였다. 혼자 힘들었을 남편에게 아무런 도움이 되지 못한 나 자신이 한없이 작아 보였다.

　　아버지는 허허벌판에서도 둥지를 감싸기 위해 자신의 체온을 기꺼이 내주었다. 비바람을 맞으면서도 가족을 끝까지 품으려 애썼다. 당신만을 위한다면 등이 휘어지도록 힘들게 살지 않았을 것이다. 가족의 따뜻한 온기가 되어주기 위해 그 길을 묵묵히 걸어가는 것이리라. 늦은 시간 자식이 들어오지 않으면 아버지는 열 번 현관문을 바라본다고 한다. 침묵의 사랑이 결코 가볍다

하지 못할 것이다. 남편도 아버지라는 이름으로 하루도 허투루 살 수 없었는지 모른다. 아버지의 굽은 등이 내 존재의 근원이고 남편의 손톱 밑에 낀 기름때가 내가 살아가는 원동력이다.

세 남자와 한 여자

세 남자와 한 여자가 서로 다른 문을 들어선다. 한 여자는 익숙한 듯 여탕으로 향하고 한 남자는 두 아들의 호위를 받으며 남탕으로 유유히 들어선다. 그의 뒷모습은 세상 부러울 것 없는 사람처럼 당당함이 배어 있다. 세 남자는 선심 쓰듯 한 시간 후에 목욕탕 입구에서 만나자고 한다. 아이가 자라면서 함께 할 수 있는 것이 줄어들었다. 대신 남편의 역할이 커졌다. 집안일을 할 때도 그들은 소파에 앉아있고 혼자 발을 동동거릴 때가 많다. 나는 그냥 보고만 있지 않는다. 각자 일을 분담시킨다. 셋은 의기투합해 맡은 일을 일사불란하게 처리하고 제자리로 돌아온다. 그들과 함께 살고 있지만, 가끔 이해 못 할 때가 있다.

늦은 시간 탓인지 목욕탕에 인기척이 없다. 냉탕과 온탕을 오가며 목욕을 즐기는 사이 고등학생으로 보이는 딸아이와 엄마로 보이는 여인이 들어온다. 다정해 보이는 모녀가 내 옆에 자리를 잡는다. 두 모녀가 많이 닮았다. 부러운 시선으로 한참을 바라본다. 내가 딸을 낳았다면 어떤 모습이었을까. 혼자 즐거운 상상을 하면서 '아무래도 딸이 없는 게 더 나을지도 몰라. 내 외모를 닮았으면 어쩌려고' 피식 웃는다.

때를 문지르는 사이 목욕은 거의 마무리 되어간다. 하지만 혼자 등을 밀 수 없는 것이 목욕할 때마다 고민이 아닐 수 없다. 서로 등을 밀어주자고 하면 거절하는 경우가 더러 있다. 샤워만 하고 나갈 거니까 다른 사람에게 알아보라고 하면 난감하기 짝이 없다. 옆에 앉은 그녀를 보니 마음이 넉넉해 보인다. 망설이고 있는데 그녀가 먼저 다가와 등을 밀어준다. 스치는 손길이 그녀의 마음처럼 부드럽다. 내가 등을 밀어주려 하자 딸이 밀어주면 된다고 한사코 거절한다. 오랜만에 등까지 미는 완벽한 목욕을 했다.

친구를 만나면 딸이 없는 나를 보고 불쌍하다고 한다. 늙어서 딸이 없으면 외로워서 어떻게 살 거냐고 지금이라도 늦둥이를 보라고 한다. 그럴 때마다 원하는 대로 되는 게 아니라 웃고 만다. 가끔은 목욕탕에 엄마와 딸이 같이 오는 것을 보면 부러울 때가 있다. 자기와 닮은 분신이 성장해 가는 모습을 보는 것도 행복한 일이다. 어쩌랴. 아들 둘 잘 키워서 예쁜 며느리 보는 것이 위로가 될지 모를 일이다.

어릴 때 목욕은 연중행사였다. 마을 한가운데 자리 잡은 공중목욕탕은 동네에서 관리하는 목욕탕이었다. 목욕하는 날도 동네 사람들과 날짜를 정해서 이용했다. 명절이 다가오면 목욕탕도 대목을 맞는다. 공중목욕탕에 걸려 있던 무쇠솥 아궁이에 장작불이 종일 꺼지지 않았다. 엄마는 삼 남매를 순서대로 목욕시켰다. 세 명 목욕시키고 나면 엄마도 지쳤을 것이다. 마지막 뜨거운 물은 엄마 차지가 되었다. 그날은 몸이 가뿐해 깊은 잠을 잘 수 있었다. 평소에 거칠었던 얼굴도 뽀송뽀송해졌다. 기름기 많은 로션을 얼굴에 바르면 윤기가 흘렀다.

엄마와 목욕을 가 본 지 언제였는지 기억에도 가물거린다.

엄마가 뇌졸중으로 쓰러졌을 때 목욕 한번 시켜 드린 것이 고작이다. 목욕탕에 모녀가 다정하게 오는 것을 보고 부러워하면서도 딸 역할을 얼마나 하고 사는지 생각해 보지 못했다. 좋은 딸이 되지도 못하면서 딸이 있었으면 하는 마음은 뭘까? 아들이 둘 있어도 만족하지 못하고 남이 가진 것은 나도 갖고 싶었던 모양이다. 딸을 바라는 마음은 나의 욕심이라는 생각이 든다. 바다는 메워도 사람의 욕심은 채울 수 없나 보다.

엄마가 백내장 수술을 했다는 이야기를 언니로부터 전해 들었다. 멀리서 마음만 쓰인다고 막내한테는 알리지 말라고 했단다. 일이 있으면 나는 늘 열외가 된다. 언니처럼 엄마에게 살갑게 대하지도 못하였다. 미안한 마음에 전화기를 들었다. 수화기 너머 엄마 목소리가 힘이 없어 보이는데 애써 밝게 받는다. 다정한 말 대신 투정만 부리다 전화를 끊었다. 마음은 다정해야지 하면서도 다르게 표현하니 참 못났다.

시원하게 목욕을 끝내고 로션을 바른다. 건조해진 피부가 이내 촉촉해진다. 깜짝 놀라 벽시계를 본다. 목욕탕에 들어온 시간이 두 시간을 향해 달리고 있다. 주섬주섬 옷을 챙겨 입고

서둘러 나왔다. 예상대로 세 남자가 목욕탕 입구에서 눈을
부릅뜨고 나를 바라본다. 한 시간이나 기다렸다며 세 남자의
강렬한 눈빛이 나를 엄습한다. 그걸로 양에 차지 않았던지
작은아들이 따지듯 묻는다. 흥분된 목소리가 역력하다. 나는
웃음보가 터져 나왔다. 누가 알리요, 내 마음을. 여자가 목욕탕에
들어가면 두 시간이 기본이란 것을 세 남자는 이해하지 못할
것이다.

곰과 여우

　온몸이 뻐근하다. 성급하게 차려입은 얇은 옷이 몸의 균형을 깨뜨렸나 보다. 겨울과 봄 사이 적응이 필요할 텐데 미처 감지하지 못했다. 감기 기운으로 종일 집에 머물렀다. 퇴근한 그의 손에 선물꾸러미가 들려있다. 기념일도 아닌데 무엇이냐고 물었다. 진중한 그는 대답도 한 박자 느리다. 화이트데이라서 사 왔다고 쑥스러운 듯 말한다. 젊은 애들도 아니고 무슨 사탕 선물이냐고 나는 무뚝뚝하게 내뱉는다.

　그가 처음부터 다정한 사람은 아니었다. 진주에서 나고 자라 표현하는데 서투르다. 전형적인 경상도 남자다. 싫은 내색 할 줄 모르고 좋아도 표현하지 못한다. 길을 걸을 때도 조금 떨어져 걷는다. 조선 시대도 아니고 다정하게 걸었으면 하는 바람은 내 욕심이 되고 만다. 첫 아이 낳았을 때 그는 "욕봤다." 한마디 했다. 서운한 마음에 장미라도 사 오라고 했더니 먹을 것 사주면 안 되느냐고 해서 웃고 말았다. 조카를 보러온 아주버님이 꽃을 사 왔다. 형제인데도 생각과 취향이 너무 달랐다.

중학교를 졸업하고 그는 도시로 나가 공부했다. 어려서부터 혼자 결정하는 습관이 배여서인지 바깥일은 이야기하는 법이 없다. 여행을 좋아하고 배낭을 메고 등산하기를 즐긴다. 다른 사람에게 실수하지 않으려고 애쓴다. 뭐든지 혼자 감당하려고 한다. 직장을 그만두는 일조차 한마디 상의가 없다. 그 나머지는 나의 몫이다. 부부로 살면서 내 자리는 없었다. 연년생을 키우면서 떠나고 싶을 때 언제든 구애받지 않고 떠났다. 육아에 지쳤고 불통인 그와 멀어지려 할 때 우울증이 찾아왔다. 먹는 것만이 허한 마음을 채워 주었다. 몸과 마음은 점점 황폐해져 갔다.

견딜 수 없는 지경에 이르자 마음을 결정해야 했다. 큰 가방에 옷가지를 챙겨 현관 앞에 내놓았다. 퇴근하던 그가 가방이 왜 밖에 나와 있느냐며 천연덕스럽게 들고 들어온다. 자유로운

영혼과는 더는 살 수 없다고 했다. 그는 뒤통수를 맞은 사람처럼 멍하니 서 있었다. 나는 저녁도 거른 채 안방에서 한 걸음도 나오지 않았다. 다음 날 아침 현관문 열리는 소리가 들렸다. 아침밥을 거르는 사람이 아닌데 빈속으로 나가버렸다. 하루도 못 보면 안 될 것 같아 결혼했다. 장점으로 보이던 그의 자유로움이 현실에서는 걸림돌이 되었다. 그의 일거수일투족이 가시로 다가왔다. 그 가시가 암갈색으로 덧칠되어 숨통을 조였다.

　오랜만에 마주앉았다. 그가 먼저 손을 내밀었다. 앞으로 잘해보자는 말에 진정성이 묻어있었다. 잠자고 있는 두 아이를 바라보며 다시 한 번 마음을 추스르기로 했다. 그때 내민 손을 잡지 않았다면 오늘은 없었을 것이다. 비가 오면 땅이 더 굳어진다고 했다. 친구들과 떠나는 횟수가 줄어들었고 애쓰는 모습이 보였다. 아이들을 데리고 여행을 가자고 했다. 밖으로 돌던 에너지가 비로소 안으로 돌기 시작했다. 서로 다른 환경에서 자란 부부가 처음부터 수레바퀴처럼 척척 들어맞기는 힘든 모양이다.

　모난 사람 둘이 만나 둥글게 살아가기 위해 고난이 주어졌는지 모른다. 무뚝뚝한 경상도 남자가 화이트데이라고 사탕을 사 오는 남자로 변신해 있다. 지금은 호르몬 영향 탓인지 여우 같은 나는 곰이 되었고 곰 같은 그는 여우가 되어간다. 애정 표현을 종종 할 때면 낯선 남자로 보인다. 거리를 두고 걸었던 산책길도 어느새 그가 내 곁에 서 있다. 세월의 흔적이 그의 눈가에 자리 잡았다. 지난한 세월이 묻어있다. 바깥일을 말하지 않는 것은 그가 할 수 있는 사랑의 방식인지 모른다.

　선물꾸러미가 묵직하다. 유리병 안에 사탕이 얌전히 쌓여있 다. 한 입 깨문 사탕 향이 입안 가득하다. 곰과 여우는 서로 다른 모습을 보고 상대방을 탓하기에 바빴다. 상대를 이해하기 보다 나와 같지 않다고 질책했다. 다른 면이 서로 부족한 부분을 채워주고 있다는 것을 알지 못했다. 시간은 서로의 각진 면을 깎아내어 둥글게 만들었다.

안전띠

숨이 막힌다. 도로를 질주하는 차들의 속도가 너무 빠르다. 흐름을 맞추지 못하면 마치 큰일이라도 날 것 같다. 속도는 옆을 돌아볼 여유를 주지 않는다. 영화 '파파로티'를 보고 돌아오는 길이다. 아이들이 여운이 남는지 주인공 이야기를 늘어놓는다. 꿈이 있는 사람은 삶의 방식이 달랐다. 뜨거운 열정이 온몸으로 전해졌다. 살아야 하는 이유가 분명했다.

제자의 어두운 삶에서 구해 내기 위해 스승이 자신의 두 발을 내어놓겠다고 했다. 그 말에 딱딱했던 가슴에 물기가 스며들었다. 혼자 남겨진 제자에게 스승이 유일한 안전띠였다.

물심양면으로 이끌어 준 큰 사랑이 디딤돌이 되어 제자는 성악가의 꿈을 이루었다. 무대에 선 제자를 바라보는 스승의 눈빛에서 조건 없는 사랑의 힘을 보았다.

달리던 택시가 우리 차를 미처 발견하지 못했다. 급하게 정지하는 순간 공포가 엄습했다. 눈을 감고 고개를 숙였다. 뒷좌석에 앉은 아이들이 생각났다. 안전띠의 도움으로 별 탈 없이 제자리에 앉아있다. 운전하던 남편은 택시 기사를 노려보았다. 합류지점에서 속도를 내면 어떡하느냐고 격앙된 목소리로 따졌다. 나는 사고 안 났으면 됐다고 남편의 소맷자락을 잡아당겼다. 남편은 분이 가시지 않는지 한숨을 내리 쉬며 자리를 떠났다.

며칠 후 보험회사에서 우편물이 배달되었다. 지금 사는 아파트를 화재보험에 가입한 안내서였다. 기억을 더듬어보아도 내가 보험에 가입한 적은 없다. 계약자란에 남편 이름이 눈에 들어왔다. 순간 '욱'했다. 집안일을 상의도 없이 일사천리로 진행하는 것이 이해되지 않았다. 옆에 있던 전화기를 들었다. 두서없이 내 말만 하고 끊어버렸다. 이번에는 남편의 일방통행 고리를 꼭 끊어야겠다고 마음먹었다. 퇴근한 남편이 들어오면서 내 동태를 살폈다.

아파트에 불이 난 뉴스를 보고 우리 집도 보험을 들어야 하나 걱정한 적이 있었다. 남편이 그 말을 마음에 새겨 둔 모양이다. 일이 바빠 말할 시기를 놓쳤을 뿐 다른 의도는 없었단 다. 미안한 마음이 들기도 했지만, 앞으로 집안일은 나와 의논해야 한다고 못을 박았다. 식구들이 몸 편히 쉴 집만큼은 지켜주고 싶었던 것 같다. 나는 남편의 마음도 몰라주는 속 좁은 아내가 되어버렸다.

남편은 직장을 여러 번 옮겼다. 안정된 생활은 보장되지 않았다. 한 달이 무사히 지나가면 잘살았다고 생각했다. 희망은 뜬구름 같아서 잡으려고 하면 더 멀리 달아났다. 나는 타고난 느긋함 때문인지 가난이 불편하긴 해도 힘들지는 않았다. 긴 시간을 돌아 남편이 적성에 맞는 일을 찾으면서 조금씩 평화가 찾아왔다. 이제는 남편이 내게 안전띠가 되어 주고 싶어 한다.

누군가에게 나는 안전띠가 되어 준 적이 있었던가. 늘 받는 것에 익숙했고 아쉬운 소리를 하면 손사래를 치며 내 경계선에 한 걸음도 넘어오지 못하게 했다. 더불어 살아가야 하는데 울타리에 선을 분명히 그어놓고 살았던 것 같다. 옹졸하게 나와 가족만을 위한 삶을 살았다. 살기 바쁘다는 이유로 마음 그릇이 넓지 못했다. 남에게 피해를 주지 않고 사는 것이 최고의 미덕이라 여겼다. 내 선이 너무 분명해 다른 사람들이 들어오지 못했는지 모를 일이다.

이제 내가 그어 놓은 선을 걷어 내야 할 것 같다. 하루아침에 거둔다고 될까마는 시간이 지나면 서서히 옅어지리라 믿는다. 혼자 여기까지 온 것처럼 주위를 둘러보지 못했다. 나를 위해 애쓴 사람이 한둘이었나. 고마움도 전하지 못하는 염치없는 사람이었다. 혼자보다 여럿이, 더불어 살아가야 한다고 마음이 속삭인다. '파파로티'에서 주인공이 불렀던 가사 말이 귓가에 맴돈다.

장춘사 가는 길

　좁고 비탈진 길을 올라간다. 산 중턱에 자리한 절은 싸늘한 바람 한줄기와 침묵만이 가득하다. 아직 죽음이 뭔지 모르는 아이들은 절을 돌아다니며 기웃거린다. 시누이가 떠나던 날도 바람이 몹시 불었다. 붉은 단풍이 몸을 움직여 슬픔을 함께한다. 그녀는 장춘사를 오가며 마음을 다독였다. 아직 그녀의 온기가 남아 있는 듯하다. 어디선가 나타나 '먼 길 오느라 고생했다'며 우리를 반겨줄 것 같다.

　그녀는 젊은 나이에 세상을 떠났다. 한 가정의 주부로 아이의 엄마가 되기를 꿈꾸었던 그녀는 꿈을 이루지 못했다. 아이와는 인연이 닿지 않았고 부부의 골은 깊어만 갔다. 힘든 시간을 보내면서도 내색하지 않았다. 가끔 평범하게 사는 것이 왜 이리 힘이 드는지 모르겠다며 혼잣말을 하곤 했다.

몇 년 뒤 그녀는 결혼생활에 종지부를 찍었다. 내가 둘째 아이 출산하던 날 법원에 갔다는 얘기를 듣고 아무 말도 할 수 없었다. 아이가 없어 부부 사이가 소원해졌다는 것을 알기에 출산의 기쁨도 그녀 앞에서는 덤덤해야 했다. 가끔 비가 오면 내게 전화를 걸어 속내를 드러내기도 했다. 전화를 끊을 무렵 건강에 신경 쓰라는 당부가 전부였다.

그녀가 아픔을 극복하는 데 많은 시간이 필요하지 않았다. 불심이 깊은 탓인지 마음을 잘 추슬렀다. 운영하던 웨딩샵은 대형 업체들에 밀려 사업을 접어야 했다. 안 좋은 일이 자꾸 겹쳐 지켜보는 내 마음도 편치 않았다. 홀로서기를 해야 했던 그녀는 아는 사람의 소개로 식당을 운영하게 되었다. 얼마 지나지 않아 원주인은 따로 있고 세를 살고 있던 사람이 또 세를 주는 전 전세를 놓았던 사실을 알게 되었다.

급하게 일을 진행하다 보니 잘 알아보지 못했고 소개해준 사람을 전적으로 믿은 탓에 많은 부분을 감당해야 했다. 식당은 기울어가기 시작했다. 회생시키기에는 역부족이었고 믿었던 사람에게 당한 배신감으로 그녀가 힘들어했다. 자금 압박이 시작되었고 결국 쓰러지고 말았다. 응급실에 실려 가 급성 뇌부종이라는 진단을 받았다.

가까이 살고 있던 나는 매일 면회시간에 맞춰 들여다보았다. 온갖 호스들이 그녀의 몸을 휘감고 있었다. 병마와 사투를 벌이다 결국 세상을 등지고 말았다. 나는 전남편에게도 알려야 하지 않겠느냐고 조심스럽게 시댁 식구들에게 말했다. 하지만 이미 지나간 인연이라며 조용히 장례 준비를 시작했다. 장례식장은 쓸쓸했다. 자식이 서 있어야 할 자리에 동생들이 자리를 지켰다.

생전에 화려한 것을 좋아하던 그녀의 취향대로 분홍색 비단 수의를 준비했다. 장례식이 끝난 그날 밤 그녀가 꿈에 보였다. 내가 해 준 수의를 곱게 차려입고 나를 바라보았다. 반가운 마음에 "형님"이라고 애타게 불렀지만 나를 멀리하고 사라졌다. 그 뒤로 한 번도 꿈에 나타나지 않았다. 그녀가 떠난 지 많은 시간이 흘렀다. 세월은 많은 것을 희미하게 해 주었고 그녀의 빈자리를 느끼지 못할 때도 있었다.

돌이켜보면 그녀는 추억만 남기고 떠났다. 내가 첫아이 낳았을 때 아이에게 목욕도 시켜 주고 어린이날은 꼭 챙기며 살갑게 대했다. 아이 낳고 남편 사랑받으며 평범하게 살고 싶었던 그녀가 저세상에서는 그렇게 지내고 있으리라 믿는다. 삶이 힘들 때 그녀를 생각하면 지금 내 삶도 괜찮아 보인다. 가진 것에 대한 소중함을 그녀를 통해 배운다. 자신이 가진 것에 만족하는 사람이 부자라는 것을 이제야 알 것 같다.

평범한 삶이 어떤 이에게 꿈이기도 했다. 충실히 살아가는 것이 삶에 대한 최소한의 예의가 아닌가 한다. 수없이 다녀갔을 이 절을 그녀와 한 번도 함께 하지 못했다. 살아서 많이 외로웠던 그녀가 절 근처 숲에 잠들었다. 그녀의 흔적이 여기저기 묻어있는 듯하다. 나뭇잎 하나가 툭 떨어진다. 나를 보며 바람결에 몸을 맡긴 채 날아간다.

장롱을 떠나보내며

장롱문을 열었다. 손잡이가 헐겁게 풀려있다. 군데군데 빛바랜 흔적은 시간이 적지 않았음을 보여준다. 장롱을 바꾸려 했지만, 여의치 않아 오늘에야 마음을 정하게 되었다. 결혼할 때 혼수로 준비해 온 장롱은 내 곁을 떠난 적이 없었다. 고민이 깊어 애를 태울 때도 장롱은 말없이 내 등을 받쳐주었다. 이사할 때도 육중한 몸으로 잘 따라다녔다.

옷가지부터 꺼내었다. 철 지난 옷들이 작은 방 하나를 가득 채우고서야 끝이 났다. 유행하는 옷을 계절마다 한두 가지 준비하다 보니 입지도 않고 제철을 보낸 옷이 부지기수다.

버리지도 못하고 움켜쥐고 있던 옷들이 비좁은 장롱 안에서 똬리를 틀고 있었다. 움켜쥐고 있었던 것이 비단옷뿐이겠는가. 좀 더 많이, 좀 더 높이, 남보다 더 빨리, 하는 마음도 같이 비워 내어야 한다.

견적을 부탁했다. 장롱을 훑어보더니 16년 썼으면 명이 다했단다. 장롱의 운명이 결정되는 순간이다. 붙박이장 모델을 펼쳐 놓고 설명하기 시작한다. 여러 가지 디자인 중에 고르기가 쉽지 않다. 물건을 고를 때 어두운색을 고르는 편이다. 밝은색은 부담스럽기도 하고 그 화려함을 감당할 자신이 없어서이기도 하다. 어두운색에서 두리번거리고 있을 때 옆에 있던 남편이 예쁜 색도 많은데 어두운색을 고른다고 넌지시 말을 보탠다. 흰색과 검은색이 어우러진 얼룩무늬 디자인에 시선이 머문다.

도착한 붙박이장은 장정들 손을 거치자 이내 자리를 잡았다. 먼지를 닦아내니 순식간에 수건이 더러워졌다. 닦아내기를 여러 번 했다. 밝은 붙박이장은 안방 분위기를 바꾸었다. 장정들의 손에 들려 나온 장롱은 냄새나는 음식물 수거함 옆에 풀이 죽어 서 있다. 긴 시간 함께한 주인의 배려는 없었다. 때맞춰 내리는 가랑비가 장롱의 모습을 더 초라하게 했다. 오래된 친구와 결별이라도 한 듯 마음이 허허롭다.

얼마나 잤을까. 안방에 온통 가구 냄새가 진동했다. 머리가 아프고 구역질이 날 것 같았다. 우선 창문을 열어 환기를 시켰다. 그날 이후 안방에서 잘 수 없었다. 남편과 나는 거실과 아이들 방을 전전하며 불편한 잠을 청했다. 한 달이 되어가도 냄새는 좀처럼 가시질 않았다. 장롱은 오랜 시간 내 곁에 있어도 자신의 색깔을 드러내지 않았다. 늘 있는 듯 없는 듯 내가 기대고 싶을 때 기댈 수 있었다. 붙박이장은 들어온 첫날부터 독한 냄새를 풍겼다. 자신의 존재를 과시하며 주인의 마음에 일찌감치 자리 잡으려 했다.

사람살이도 다르지 않았다. 금방 친해진 사람은 오래 머물지 못했다. 서로의 단점이 보이는 순간 쉽게 멀어졌다. 시간을 두고 천천히 가까워진 사람은 설령 그 사람의 좋지 않은 이야기를 들어도 쉽게 흔들리지 않았다. 신뢰가 마음까지 전해졌기에 가능할 것이다. 필요에 의해 만남이 이루어지고 실리에 따라 움직이는 세상에 살면서 나 역시 별반 다르지 않았다. 은은한 색깔로 묵묵히 자리를 지켜낸 장롱과 자신의 색깔을 분명히 드러내는 붙박이장을 보면서 나를 돌아보는 계기가 되었다.

잊을 만하면 전화가 오는 친구가 있다. 그는 결혼할 때부터 시어른을 모시고 살았다. 뜨거운 여름에도 따뜻한 밥을 짓는다. 변함없는 모습은 내게 귀감이 된다. 그의 우직함이 우정을 이어가는 이유인지 모른다. 몇 년이 지나도 얼굴 한 번 보기 어려운 사이지만 때가 되면 그가 먼저 소식을 전한다. 나는 내 일이 바쁘면 옆을 돌아보지 못한다. 일이 끝날 때까지 허우적 거리기 일쑤다. 그는 내가 먼저 연락하지 않는다고 탓하지 않는다.

새로 들어온 붙박이장과 친해지려면 시간이 필요할 것 같다. 장롱은 며칠 동안 폐기물 스티커를 몸에 달고 있더니 오늘 아침에 거둬갔다. 친구가 왔다가 떠난 자리처럼 마음이 휑했다. 그 자리를 한참을 바라보니 그의 얼굴과 겹쳐진다. 그에게 나는 얼마나 이기적인 친구였나. 한 번쯤 먼저 손을 내밀 수도 있었을 텐데 그러질 못했다. 한 번도 해보지 못한 생각을 장롱을 떠나보내며 하다니 철이라도 들려나 보다. 붙박이장과 오랜 시간 동거하려면 내 마음속에 꽉 차 있던 장롱 자리부터 내려놓 아야 할 것 같다.

보따리

얼마 전부터 문학 강의를 듣고 있다. 수업을 마치고 귀가를 서두른다. 정류장이 북적거린다. 젊은 두 남녀가 서로 안고 서 있다. 시선을 어디에 두어야 할지 몰라 애꿎은 가방만 만지작거린다. 풋풋함과 발랄함이 예쁘게 보이지만, 그들의 문화를 공감하지 못할 때가 많다. 나도 어느새 나이가 든 것일까. 뜨거운 가슴은 사라지고 차가운 머리만 남아있는 나를 본다.

기다리던 버스가 온다. 집까지 한 시간 거리라 버스에 오르면 자리부터 잡는다. 고단한 하루를 보내었는지 고개를 숙인 채 자는 사람이 있는가 하면 술에 취한 사람도 있다. 앞에 앉은 중년의 남자가 술에 부대끼는지 창밖으로 계속 침을 뱉는다. 누구의 아버지로 남편으로 살아가는 그에게 삶의 무게가 느껴진다.

몇 정류장을 지나자 보따리를 든 아주머니가 버스에 오른다. 외면할 수 없어 내가 앉은 자리를 내어주었다. 고맙다는 말을 몇 번이나 하고서야 자리에 앉는다. 시간이 지나도 내가 내리지 않자 자신은 멀리 가는데 자리를 양보했느냐며 미안해한다. 늦은 시간에 어디를 다녀오는 걸까? 무거워 보이는 보따리가 그녀의 다리 밑에 얌전히 앉아 있다. 보따리를 열면 푸성귀가 줄줄이 나올 것만 같다.

보따리는 엄마의 분신처럼 따라다녔다. 시집간 언니 집에 갈 때도 보따리를 혹처럼 달고 다녔다. 나물 말린 것, 된장, 고춧가루를 챙겨 길을 나섰다. 큰 보따리는 들 수가 없어 머리에 이고 갔다. 거추장스러운 것 다 내려놓고 홀가분하게 갔으면 하는 마음은 순전히 내 바람이었다. 엄마는 무거운 보따리를 이고서도 걸음은 빨랐다.

서울에서 직장 다닐 때 엄마가 올라왔다. 근무 시간에 짬을

내어 마중을 나갔다. 작은 체구에 손에는 떡 보따리가 들려
있고 농사지은 참외가 엄마 머리 위에 놓여있었다. 많이 보던
모습이었다. 엄마의 억척스러움이 싫었다. 무거운 것을 들고
몇 시간을 고생했을 것을 생각하니 화가 났다. 보따리 좀 버리고
오면 안 되느냐고 얼굴을 붉혔다.

너도 다음에 애 낳으면 어미 마음 알 거라며 사무실로 가져가
식기 전에 나누어 먹으란다. 성화에 못 이겨 곧장 사무실로
가져갔다. 먹을거리를 보고 직원들이 반색했다. 아침에 한 떡이
라 따뜻하고 쫄깃했다. 직원들이 맛있게 먹는 모습을 보니
새삼 고마웠다. 엄마 덕분에 직장생활은 순조로웠다. 보따리가
모양나지는 않았지만, 마음을 표현하는 데는 그만이었는지 모
른다.

아주머니가 사탕 두 개를 내 손에 쥐여 주었다. 고맙다는
말을 하더니 보따리를 들고 내렸다. 무엇이 들었는지 무거워
보이는 보따리를 물끄러미 바라보았다. 누군가에게 사랑이 되
어 줄 보따리라는 생각이 들었다. 사탕을 호주머니에 넣었더니
바스락거렸다. 오랜만에 사람 냄새나는 정을 느꼈다.

보따리를 들고 다니던 엄마를 세련되지 못하다고 생각했다. 예쁜 정장을 입고 각진 쇼핑백을 든 엄마였으면 했다. 하지만 세월이 흐르고 보니 나를 키운 것은 엄마의 보따리가 아니었나 싶다. 보따리에 맛있는 음식과 푸성귀로 가득 채워 자식을 챙기던 엄마의 마음을 어미가 되고 나서야 조금은 알게 되었다. 이해한다는 것은 온전히 그 상황이 되어 봐야 가능한 모양이다. 지금은 보따리를 든 엄마의 모습을 볼 수 없게 되었다. 보따리가 촌스럽다고 하던 내가 지금은 그 보따리를 그리워하고 있다.

어둠이 내린 도시에 젊은 어머니가 내 뒤를 따라오고 있다.

토담

바깥이 소란스럽다. 고가사다리가 한참을 올라간다. 누군가 살다 다른 곳으로 이사하는 모양이다. 이웃이 이사 가는 것을 차가운 고가사다리가 말해 준다. 이 집에 오래 살았지만, 이웃을 위한 마음자리는 없었던 것 같다. 내려오는 이삿짐을 물끄러미 바라본다. 오밀조밀하게 자리한 화분이 안주인의 부지런함을 말해 주는 듯하다. 옆집은 만나면 눈인사 정도 나누고 위층은 층간 소음으로 서로 얼굴 붉히지 않는 것도 다행으로 여긴다. 바쁘다는 핑계로 서로의 마음을 열지 못한 채 하루하루 보내고 있다.

유년 시절 우리 집은 낮은 토담을 사이에 두고 옆집과 이웃하여 지냈다. 옆집 아주머니는 학교 갔다 빈집에 들어서는 나를 챙기곤 하였다. 은색 빛깔로 포장된 과자는 혼자 먹기 아까웠다. 비닐을 조심스럽게 뜯어 입맛을 다시고 오빠가 오면 줄 요량으로 서랍에 넣어두었다. 아주머니는 폐 질환을 앓던 남편을 극진히 보살피며 옆집에 사는 아이에게도 인정스럽게 대해주었다. 저녁 무렵 밭일을 끝내고 온 엄마는 서둘러 찬을 만들어 고마운 마음을 전했다. 토담은 단순히 경계를 구분 짓는 것을 넘어 서로의 마음을 이어주는 매개체였다.

토담은 어머니의 유선처럼 부드럽고 소담스럽다. 세월에 어우러져 어떤 풍파에도 굳건히 견뎌낸다. 낮은 담 사이로 어머니와 아주머니는 서로의 속내를 드러내기도 하고 팍팍한 삶을 위로해주며 긴 세월을 함께했다. 아픈 곳을 다독이며 기쁜 일은 내일처럼 여겼다. 옆집 아저씨가 지병으로 돌아가고 아주머니는 서울에 사는 아들네로 떠났다. 우리 집은 오래된 집을 허물고 새집을 지으면서 토담은 나의 기억에서 사라져 갔다. 집을 지으면서 시멘트로 높게 쌓아올린 담장 위로는 새들만 날아들 뿐 더는 정이 오가지 않았다. 사라진 것은 토담만이 아니었다. 높은 시멘트 담장은 사람

마음마저 닫아버렸다.

이웃은 또 하나의 가족처럼 희로애락을 함께하며 가난도 비켜가게 하는 힘이 있다. 아마도 나눔이 그 자리를 채워주지 않았나 싶다. 시골 생활에서 느끼던 정을 도시 생활에서 매번 목말라 하면서도 이웃에 선뜻 다가서지 못했다. 친정에 가면 엄마가 가꾼 무공해 채소를 넉넉하게 가져온다. 나누어 먹으면 더 맛있을 것 같아서이다. 옆집과 윗집에 갖다 주면 아직은 부담스러워한다. 서로 마음으로 다가서지 못해 어색함이 자리 잡고 있기 때문일 것이다.

이웃과 거리를 좁히지 못하는 데는 내 성격이 이유이기도 하다. 사람을 만나면 마음의 문을 여는 데 시간이 오래 걸린다. 먼저 마음의 빗장을 풀지 않으니 들어올 자리가 없을 것이다. 하지만 한번 맺은 인연은 쉽게 놓지 않는다. 어렸을 때 굳어진 성격은 쉽게 바뀌지 않았다.

콘크리트로 둘러싸인 아파트는 닫힌 공간이다. 가슴보다 머리가 시키는 대로 할 때가 더 많다. 가슴과 멀어진 자리에 외로움이 똬리를 틀었다. 아파트 모습이 하나같이 한결같다. 각진 모습은 감히 넘보지 말라고 하는 것 같다. 공허한 마음을 채우려고 켜 놓은 텔레비전에서 고독사가 사회 문제란다. 홀로 죽음을 맞이하는 사람이 늘어나 사회의 따뜻한 관심이 필요하다고 말한다. 이웃에 무심한 나에게 일침을 가하는 것 같다. 가족도 모르게 생을 마감한다는 내용이 쓸쓸하게 한다. 태어날 때 축복을 받았듯이 떠날 때도 외롭지 않아야 할 텐데.

　때 이른 봄비가 내린다. 건너편 키 큰 소나무가 비를 맞고 떨고 있다. 입이 궁금하여 냉장고를 뒤적인다. 한쪽 모퉁이에 신문지로 싸여 있는 부추가 보인다. 냉동실에 있던 해물을 버무려 전을 만들었다. 오랜만에 풍기는 기름 냄새가 후각을 자극한다. 그릇 진열장에 잠자고 있던 접시를 꺼냈다. 얼마나 안 썼는지 새 그릇이 낯설다. 집에 손님을 초대해본 지도 까마득하다. 부추전을 예쁘게 담아 현관문을 열고 옆집으로 향한다. 몇 번을 망설이다 접시를 다시 들고 오고 말았다. 식탁에 앉아 혼자 먹는 부추전이 목울대를 아프게 한다.

　나는 오늘도 용기 내어 옆집 초인종을 눌러 보지 못했다.

공수표

전화가 왔다. 울음소리에 말을 알아들을 수가 없다. 간헐적으로 들리는 말을 조합해 보니 친구 남편이 돌아갔다고 한다. 내 귀를 의심할 수밖에 없었다. 장례식 장소를 확인하고 전화를 끊었다. 옆에 앉아 있던 남편 눈이 동그래졌다. 시간 내서 밥한번 먹기로 했는데 바빠서 차일피일 미루었다고 했다. 갑작스러운 그의 죽음에 남편이 슬퍼한다.

두 남자는 아내를 통해 만났지만, 친구보다 진한 우정을 쌓으며 지냈다. 그는 소탈한 성격과 따듯한 마음을 가진 사람이었다. 무뚝뚝한 남편의 마음을 녹였고 여행도 같이하며 많은 시간을 함께했다. 친구가 받았을 충격을 생각하니 어떤 말부터 해야 할지 난감하다. 함께한 지난날들이 떠오른다. 따뜻한 사람을 잃었으니 우리도 상실감이 컸다.

남편은 직장을 여러 번 그만두었다. 강직한 성격 탓인지 직장에 오래 머물지 못했다. 어렵게 얻은 두 번째 직장에서도 이 년을 넘기지 못했다. 경제적으로 힘들 수밖에 없었다. 가진 것 없어도 사람 노릇은 해야 했고 하루하루 견뎌내는 삶이었다. 그때 그는 우리를 품어주었다. 요란하지 않고 배려할 줄 아는 그였다.

출장을 앞둔 남편이 지금 가지 않으면 마지막 인사도 하지 못한다며 서둘러 장례식장으로 향한다. 그가 평소처럼 국화꽃 속에서 환하게 웃고 있다. 영정 사진 앞에 선 남편이 오열한다. 가슴 한쪽이 뜯겨 나가는 느낌이란다. 어려울 때 곁을 내준 그를 많이 의지하고 있었나 보다. 바쁘게 앞만 보고 사느라 살갑게 챙겨 주지 못해 미안해한다.

친구가 딸 둘을 데리고 상주가 되어 서 있다. 슬픔을 무슨 말로 위로해야 할지 말문이 막혔다. 말의 가벼움을 느꼈다. 차라리 침묵하고 싶었다. 어린 두 딸의 맑은 눈물이 내 가슴을 먹먹하게 한다. 일상에 쫓기다 보니 많은 부분을 놓치며 살았다. 밥 한번 먹자는 말은 공수표가 되어 저 혼자 떠돌아다녔다. 갑자기 죽음을 마주하니 내일이 내 것이 아닐 수도 있다는 생각이 들었다. 마음먹었을 때 해야지 후회가 없겠구나 싶다.

친구 내외는 천성이 밝은 사람이었다. 힘든 일이 있어도 웃으며 살았다. 긍정의 기운은 내게 전이되었다. 지난 시간이 외롭지 않았던 것은 부부가 곁에 있었기 때문이다. 좋아하는 사람과 밥을 먹으면 행복하다고 했다. 진심이 묻어나던 그 말이 내게 오래 기억되었다. 정작 그가 힘들었을 때 우리는 곁에 있어 주지 못했다. 멀리 산다는 것이 이유였다. 구차한 변명이 그에게 더 미안하다.

사람을 만나면 밥 먹자는 말을 많이 하며 살았다. 절반은 지키지 못했던 것 같다. 핑계는 늘 많았다. 그를 보니 내일이면 늦을 수도 있다는 생각이 든다. 가치 있는 것을 멀리서만 찾으려 한 것 같다. 가까운 이도 챙기지 못하면서 뭘 좇아 사는지 정신이 없다. 죽음은 먼 이야기인 양 영원할 것처럼 살았다. 그가 쉬어가라고 말한다. 인생살이 급할 거 없다고.

주위를 한 번쯤 살펴보아야 할 것 같다. 맹목적인 삶이 아니라 삶의 가치에 대해 다시 한 번 되돌아본다. 오늘 따뜻했던 한 사람이 다시 만날 수 없는 곳으로 떠났다. 내가 세상을 떠난다면 나를 기억해 주는 사람이 몇 명이나 있을까. 잘 살아야 할 이유가 하나 더 생겼다. 그는 떠났지만, 생전에 보여준 다정한 모습과 웃음을 우리 가족은 오래 기억할 것이다. 밥 한번 먹자고 했던 공수표를 이제 거두어들여야겠다. 허우적거리며 살던 나에게 그가 주고 간 선물을 마음속에 간직할 것이다. 더 늦기 전에.

제2부
누워 있는 나무

명함이야기

뒤를 돌아보다

예방주사

누워 있는 나무

뒷모습

나를 운전하다

부끄러운 일

수선집 할아버지

이름

오해와 이해 사이

명함 이야기

뒤척이다 잠을 깼다. 세상이 정물처럼 머물러 있는 듯하다.
무심히 바라본 건너편에서 불빛이 새어 나온다. 빛이 내 마음에
작은 파문을 일으킨다. 머리를 감는다. 혼미하던 의식이 되살아
난다. 거울 속 여인이 물끄러미 나를 바라본다. 헝클어진 머리칼
과 윤기 없는 피부가 낯설기만 하다.

육아를 위해 안정된 직장을 그만두었다. 아이 옆에 엄마가
있어야 한다는 생각에 망설임 없는 결정이었다. 연년생을 키우
는 일은 내게 벅차기만 했다. 한 시간만 자유가 주어진다면
간절히 바라기도 했었는데 이젠 아이들이 자라 바쁘게 지내고

있다. 사회는 너무나 빠르게 변했다. 집에 머무는 사이 나는 아무것도 할 수 없는 사람이 되었다.

나는 명함이 없다. 사람을 만나면 먼저 주고받는 것이 명함이다. 건네받은 명함을 보고 그 사람의 직업과 사회적 지위 정도를 짐작한다. 명함은 그 사람의 삶의 이력이 집약된 것이라 할 수 있다. 나를 소개할 때 전업주부라고 말한다. 전업주부란 다른 직업 없이 오로지 가정에서 집안일만 도맡아 하는 여자 주인이라 정의되어 있다.

내 생각과는 달리 상대방의 반응은 다양하다. 남편이 돈을 잘 번다고 단언하는 사람도 있고 집에서 놀면 얼마나 편하겠느냐고 말하는 이도 있다. 가정에서 살림을 산다는 것이 결코 녹록한 일이 아니다. 내조와 외조를 어떻게 조화롭게 할 것인가를 고민해야 하고 좋은 부모가 되기 위해 신경 쓸 일은 한두 가지던가. 명함을 내미는 사람은 당당함이 묻어있지만 건네줄 명함이 없는 나는 정중한 인사로 대신한다.

늘어난 주름이 지난 시간이 짧지 않음을 말해 준다. 열심히 살았다 해도 이력서에 경력을 한 줄도 채우지 못했다. 주부 경력 십 년이 지났어도 어느 것 하나 잘하는 것이 없는 나를 발견한다. 하나씩 배워볼 요량으로 한식을 배우기 시작했다. 오랜만에 화장대 앞에 앉는다. 생기 잃은 눈빛에서 열정을 찾아보기 어렵다.

세상에는 세 가지 성이 있다고 한다. 여자, 남자, 그리고 아줌마다. 아줌마로 인정하고 싶지 않지만 분명 거울 속 여인은 아줌마다. 결혼 전 '아줌마'의 단어는 다소 부정적이었다. 푸근하지만 염치가 없는 존재로 인식되었다. 버스에 빈자리를 차지하기 위해 핸드백이 먼저 점령하는 모습은 오래 각인되었다. 그러던 나는 푸근하지도 나를 관리하지도 못하는 아줌마가 되었다. 단정했던 모습은 어디로 갔을까? 화장을 끝내고 옷장을 열어본다. 철 지난 옷들이 주인의 간택을 애타게 기다리고 있다. 그중 깨끗한 것을 골라 입고 거울 앞에 선다. 생활 속에서 비켜선 내 모습이 서글프다.

길을 나서니 마음이 설렌다. 배우는 시간만큼은 오롯이 나를 위한 시간이다. 누구의 아내, 누구의 엄마가 아닌 자연인 나로 돌아간다. 불어오는 바람이 살갑다. 남천에 갈 곳 없는 중년들이 배회하는 모습이 보인다. 집에서 환영받지 못하고 빛나던 명함은 물에 젖은 종이가 되어버렸다. 자신을 강에 비추고 하릴없이 서 있다. 전업주부도 가정에 충실해도 가치 있는 노동을 한다고 생각하는 이는 드물다.

첫 시간에 비빔밥을 만들었다. 한식의 대표 음식답게 만드는 것이 쉽지 않다. 우선 밥을 고슬고슬하게 짓는다. 갖가지 나물을 무쳐 어우러지게 돌려 담아 약고추장으로 마무리한다. 제대로 비벼 한입 가득 음미한다. 어울림이 입맛을 한껏 돋운다. 모두가 섞였어도 서로의 색깔이 묻히지 않는다. 돌아오는 길에 남천에 핀 꽃들이 내 시선을 사로잡는다. 바람에 몸을 맡긴 채 살랑거리고 있다. 옆에 빈터가 있어도 욕심내지 않고 그 자리를 내어준다.

나는 스스로 뭔가 되어야 한다는 생각에 사로잡혀 있었던 것 같다. 각자의 몫이 있고, 살아가는 방법도 다양할 터인데 오직 사회에서 말하는 성공의 잣대로 나를 바라보았다. 이제 나만의 텃밭을 가꾸고 싶다. 거름을 듬뿍 주어 땅을 튼실하게 만들어야 할 것이다. 싹을 조금 늦게 틔우면 어떤가. 기다리는 여유를 가지리라. 조바심내지 않고 나만의 색깔로 천천히 세상을 만날 것이다.

뒤를 돌아보다

처음 만나면 으레 물어보는 것이 나이다. 선뜻 대답하기가 뭣해서 머뭇거리면 기어이 내 나이를 캐묻는다. 마흔이 넘었다고 하면 인생을 알 만큼 살았다고 한다. 이럴 때 가끔 당황스러울 때가 있다. 사십 대에 접어들면서 고민이 많아졌다. 자기계발서를 봐도 남은 후반부를 준비해야 하는 시기란다.

엄마는 사십 대 후반에 할머니가 되었다. 나에게 사십 대의 모습은 할머니의 삶을 살아야 하는 줄 알았다. 새로운 것을 시작하기에 늦은 나이이며 서쪽으로 더 많이 기운 삶이라 여겼다. 지금은 평균 수명이 길어져 인생 이모작에 대해 생각해 봐야 하는 것이 현실이다. 지금 나는 생의 한가운데 서 있다. 안개가 자욱한 길은 아득하기만 하다. 주저앉을 수 없기에 내일은 나아지리라는 희망에 기대어 살아간다.

무리하고 나면 회복하는 데 시간이 걸린다. 몸이 예전 같지 않음을 종종 느낀다. 육체가 쇠약해져 가는 만큼 정신적으로 여유가 생겨 억울할 일만은 아닌 것 같다. 이십 대는 모든 것이 뻣뻣했다. 몸도 마음도 유연하지 못해 주위를 불편하게 했다. 그때는 해결 방법도 무모했다. 쫓기듯 살았으니 여유가 없었으리라. 원칙만을 내세워 타인을 배려하지 못했다.

지금 생각해 보면 유별난 내 모습에 쓴웃음이 나온다. 얼굴에 주름살이 날이 갈수록 선명해진다. 부쩍 사진 찍기가 꺼려진다. 지나온 시간이 지금의 내 모습인데 거울을 볼 때마다 이방인처럼 느껴진다. 마음과는 달리 카메라에 담긴 모습은 낯선 중년의 아줌마다. 그나마 내일보다 오늘이 젊다는 것을 알게 된 것은 다행이다.

아직 결혼하지 않은 친구가 있다. 일에 열중하다 보니 결혼이 미루어졌다. 그녀는 직장에서 살얼음 위를 걷는 것 같다고 한다. 후배들이 열심히 하는 것을 보면 응원 대신 자신의 자리가 위태롭게 느껴진단다. 남들은 화려한 싱글로 보지만 생각만큼 낭만적이지 않다고 말한다. 직장을 그만두면 돌아갈 가정도 없고 에너지는 이미 바닥난 상태라며 속말을 한다.

큰아이가 만삭일 때 나는 다니던 직장을 그만두고 전업주부의 삶을 살았다. 그녀는 직장에서 승승장구하며 자신의 영역을 넓혀 나갔다. 해외 출장을 다니며 견문을 넓히는 그녀가 내심 부럽기도 했다. 집안일은 쳇바퀴 돌 듯 단조로웠다. 잠시 소홀하면 빈자리가 금방 드러났다. 열심히 해도 반대급부는 없다. 육아에 정신이 없을 때 사회생활을 하는 그녀를 만나면 공감하는 부분이 줄어들었다. 마치 다른 세계에 사는 사람처럼 느껴졌다. 서로 다른 삶을 살다 보니 만나는 횟수가 줄어들었다.

자신의 선택으로 살았던 삶인데도 서로 가보지 않은 길에 대해 미련이 남았다. 그녀가 오랜만에 전화를 걸어왔다. 내 홈페이지에서 아이들 사진을 봤다며 부러워한다. 아들 둘이 있어 든든하겠단다. 자신은 언제 결혼해서 그만큼 키우겠느냐고 한다. 지나간 시간이 우리에게 무의미하지는 않았던 모양이다. 나는 나의 길을 걷는 대신 가정이라는 울타리를 가졌고 그녀는 자신의 길을 걸어 직장에서 건재하고 있으니 서로 원하는 삶을 잘 살아온 셈이다. 사십 대가 되면 욕망이 평준화된다고 한다. 그녀도 나도 거창한 것을 바라지 않았다는 것을 알게 되었다.

가보지 않은 길은 더 크게 보이는 것 같다. 그래서 아쉬움이 더 진하게 남는 것은 아닐까. 다른 길을 걸었다면 내 모습은 어떻게 달라졌을까 상상하니 입가에 미소가 번진다. 삼십 대는 이십 대의 열정을 부러워하고 오십 대는 더 늙지 않은 사십 대를 그리워한다고 한다. 마흔은 너무 젊지 않아 겸손할 수 있고 더 늙지 않아 아직 꿈꿀 수 있는 나이이지 않을까. 그러고 보면 인생에서 가장 행복한 시기가 아닌가 한다. 강함을 부드러움에 녹일 수 있는 여유가 있어 더 좋은 것 같다. 남아있는 길을 더 힘차게 걸어가야 하리라. 뒤를 돌아보며 운동화 끈을 다시 한 번 질끈 동여 매어본다.

예방주사

기침 소리가 끊이질 않는다. 언니가 독감 예방주사 맞으라고 전화까지 해 주었건만 게으른 나는 감기를 달고 있다. 준비성이 부족하여 살면서 곤혹을 치를 때가 있다. 몸도 아끼고 보살펴야 하는데 신호가 없으면 지나치기 일쑤다.

결혼하던 해 무리해서 집을 샀다. 집값 절반이 넘는 금액을 대출받았다. 집주인의 잔소리며 이 년마다 이사해야 하는 번거로움이 집을 사는 데 속도를 더했다. 언제까지 호황일 줄 알았던 경기는 IMF 사태에 끝없이 추락했다. 어려워진 경제 상황은 우리 가정도 피해가지 못했다. 설상가상으로 남편이 직장을 그만두었다. 아침에 출근한 남편이 오후 세 시에 퇴근했다. 안색이 좋지 않았다. 내일부터 출근하지 않아도 된다고 했다. 어디 출장 가느냐고 했더니 내 식구는 내가 책임진다는 말에 그만두었음을 알아차렸다.

하루가 멀다고 대출이자는 오르고 집을 사면서 받은 대출은 이미 가정경제를 압박하고 있었다. 의논 한 마디 없이 직장을 그만둔 간 큰 남자를 이해할 수 없었지만, 내가 흥분한다고 해서 사표를 되돌릴 수는 없는 노릇이었다. 남편의 강직한 성격 때문에 상사와 매번 부딪혀 왔다. 젊은 혈기에 도저히 참을 수 없었던지 앞뒤 재지 않고 사표를 던져버렸다. 벼랑 끝에 서니 오히려 마음이 차분해졌다. 살아가야 한다는 절박감이 나를 끌어올렸다. 두 아이의 엄마이기 때문에 포기할 수 없었는지 모른다. 잠든 아이들을 보고 정신을 가다듬었다.

새로운 직장을 구하기란 쉽지 않았다. 남편이 여러 군데 이력서를 냈지만, 연락 오는 곳은 없었다. 그럴 때마다 맥주 캔을 앞에 두고 냉혹한 현실을 피부로 느껴야 했다. 종일 집에 같이 있으니 사소한 일에도 부딪혔다. 마음도 바닥을 드러내었다. 내가 일자리를 구하는 편이 더 빠를 것 같았다. 조용히 일자리를 알아보았다. 남편의 자존심만은 온전히 지켜주고 싶었다.

학습지 일을 하기로 했다. 방문하는 게 힘들긴 해도 주저 없이 시작했다. 선택의 여지가 없었다. 살기 위해 뭐든 해야 했다. 아침에 아이를 어린이집에 보내고 늦은 밤이 되어서야 집으로 돌아왔다. 시간이 어떻게 지나가는지 몰랐고 하루하루 무탈한 것에 감사했다. 돌이켜보면 그때는 작은 일에 감사하며 큰 욕심 부리지 않고 살았던 것 같다. 열심히 일한 덕분인지 수입도 괜찮았다. 남편의 지갑에 용돈도 넣어 줄 수 있었다. 남편은 이력서를 들고 재취업에 노력을 게을리하지 않았다. 나는 가끔 도망가고 싶은 마음도 있었지만 언젠가는 좋은 날이 오리라 믿었다.

하루는 억수 같이 비가 내렸다. 하필 그날 외곽으로 수업 가는 날이었다. 큰 가방을 메고 버스에서 내렸는데 비는 더욱 세차게 내렸다. 우산은 있으나 마나였다. 가방부터 챙겼다. 책이 젖지 않게 하려고 안간힘을 썼다. 삶이 녹록치 않음을 느꼈다. 벌판에 나 혼자 내던져진 느낌이었다. 우여곡절 끝에 수업을 마치고 집으로 돌아오는데 전화가 왔다. 직장을 구했다는 남편의 말이 나를 구원해 주는 목소리처럼 들렸다.

나도 모르게 눈물이 흘렀다. 설움이 빗물과 섞여 흘러내렸다. 그동안 마음고생에 대해 보상받는 느낌이었다. 비 맞은 내 모습이 더는 문제 되지 않았다. 늦은 밤 남편과 마주 앉았다. 처음으로 그가 속내를 드러냈다. 그동안 고맙고 미안했단다. 자신이 조금만 참았으면 그런 고생 안했을 텐데, 앞으로 살면서 제대로 갚겠노라고 했다. 그 말에 대한 책임감 때문인지 여태 크게 속 썩이지 않고 있다.

안정된 직장을 제 발로 걸어 나와 감당해야 할 부분이 많았을 것이다. 취직에 매번 실패하자 눈높이를 낮추어 작은 회사에 취직했다. 가족을 책임져야 한다는 생각에 마음이 조급했을 것이다. 세상이 호락호락 하지 않다는 것도 온몸으로 느꼈으리라. 어린이집에 우리 아이만 밤까지 있었다. 일을 마치고 밤늦게 데리러 갔더니 친구들 집에 갈 때 아이도 집에 가고 싶다고 말했다. 한 대 얻어맞은 기분이었다. 사는 게 바빠 아이의 마음이 시들어 가는 줄도 모르고 있었다.

나는 자연스레 일을 그만두게 되었고 새로운 직장을 얻은 남편은 일에 열중했다. 시간은 흘러 그 일은 과거형이 되었다.

힘든 일이 생길 때마다 그때를 생각하며 마음을 다잡는다. 그때 맞은 인생의 예방주사가 효험이 있었을까. 살면서 어려움이 닥쳐와도 고통이 덜한 것 같다. 흔들림도 내 삶의 일부분이다. 그 기억의 조각은 내 안에 저장되어 있다. 마음이 어지러울 때 한 번씩 꺼내어 보며 나를 곧추세운다.

누워 있는 나무

산 초입부터 머뭇거린다. 나무들이 하늘로 향한 모습을 보니 내 모습이 작아 보인다. 오른쪽 다리에 힘을 주며 걷기 시작한다. 걸음을 옮길 때마다 생각을 하나씩 부려놓는다.

어느 날 건강했던 다리에 적신호가 왔다. 무릎에 생긴 종양이 일상을 흔들어놓았다. 수술하면 끝날 줄 알았는데 수술 후가 더 문제였다. 뻣뻣해진 다리는 좀체 나을 기미가 보이지 않았다. 병원에서 재활치료를 받았지만, 통증은 가시질 않았다. 불편한 다리는 나를 의기소침하게 하였다.

집에서만 생활하다 보니 매사에 의욕이 사라졌다. 땀 흘리고 나면 처진 마음을 어루만져 줄 수 있을 것 같아 산을 찾았다. 누워 있는 나무가 가던 길을 멈추게 했다. 무슨 사연으로 하늘로 향하지 못하고 누워있는지 궁금했다. 마른 가지를 보니 생기를 잃은 지 오래인 듯하다. 그 나무가 나를 닮았다. 몸이 불편하니 할 수 있는 일이 줄어들었다. 건강했던 나로 언제 돌아갈 수 있을지 두려움이 엄습했다. 밖으로 향하던 에너지는 사그라지고 안으로 움츠러들었다.

거친 나무껍질이 화장기 없는 내 얼굴과 겹쳐진다. 다리쉼도 할 겸 나무에 걸터앉는다. 튼튼한 나무가 되지 못한 탓에 지나가는 객의 쉼터가 되어준다. 나무 뒤에 자리 잡은 버섯이 눈에 들어온다. 한참을 바라보다 가던 길을 재촉한다. 나무가 제 일을 하고 있었다. 이미 하늘로 향할 수 없는 자신의 처지를 받아들이고 버섯이 자랄 수 있는 몸으로 변화시켰는지 모른다. 아픈 다리 때문에 할 수 없는 일을 먼저 생각했다. 올라가다 보니 다리에 통증이 온다. 무리한 탓일까. 무릎을 잡고 한참을 자리에서 뜨지 못한다. 산에 오르는 것이 무모한 생각이었나 싶다.

수술하기 전만 해도 의욕이 넘쳤다. 살아있다는 느낌을 받기도 했다. 삶은 한 치 앞을 알 수 없었다. 건강했던 사람이 다리가 불편한 사람이 되었다. 마음대로 움직일 수 없는 상황을 받아들이기 쉽지 않았다. 등에서 땀이 흐른다. 마음속 찌꺼기까지 흘러내렸으면 한다. 한 걸음씩 천천히 올라왔지만 나는 가던 길을 멈추지 않을 것이다. 건강할 때 한 시간이면 오르던 산이다. 그때는 주위를 살펴보지 못했다. 오직 정상이 목표였다. 연초록의 나뭇잎과 계절마다 피는 꽃들은 안중에 없었다.

늦게 오르는 대신 자세히 보게 되었다. 누워 있던 나무도 천천히 걸었으니 내 눈에 들어왔을 터이다. 한 가지를 잃으면 또 다른 한 가지를 얻는다는 것을 나는 너무 늦게 깨달았다. 숲속의 향기가 내 코를 자극한다. 병원에 있을 때 이 향기가 얼마나 그리웠던가. 아파 보니 평범한 일상이 소중하게 다가온다. 내가 가진 것을 귀하게 여기지 못했으니 이번 기회에 나를 철들게 하려는 모양이다.

산을 오르면서 늘 생각이 많았다. 온전히 자연과 하나 되지 못하고 속도 내기에 바빴다. 땀범벅이 된 후에 정상에 다다랐다. 넓적한 돌 위에 주저앉는다. 아픈 다리를 쓰다듬으며 장하다고 속삭인다. 위에서 내려다보니 내가 사는 동네가 조그맣다. 여유가 없었던 내 삶이 보이는 듯하다. 천천히 자세히 보면서 살아야 할 이유를 알게 되었다. 산이 인연이 되어 남편을 만났다. 결혼하고 생활인이 되면서 자연과 멀어진 삶을 살았다. 마음은 삭막해졌고 몸피는 늘어났다. 건강을 잃고 나서야 내 기억에 저장되어 있던 숲의 향기가 산으로 이끌었다. 한참 숨을 들이쉰다. 몸속 깊이 숲의 향기가 전해진다.

　내려갈 길을 서두른다. 오를 때 두려웠지만 한걸음부터다. 아픈 다리도 시간이 지나면 천천히 회복할 것이다. 누워 있는 나무가 쓸모없어진 자신을 탓하지 않고 버섯을 몸에 품었듯이 천천히 내가 할 수 있는 일을 생각해 볼 것이다. 자연은 말없이 인간을 위무하고 희망을 보여준다. 다만 인간이 그것을 보지 못한 것 같다. 천천히 걸으며 자세히 볼 수 있어 다행이다. 좀 더 자주 산에 오를 생각이다. 남편과 손잡고 와도 좋을 성 싶다. 지나간 추억을 떠올리며 젊은 시절로 되돌아갈 수도 있으리니.

뒷모습

　'딩동' 세탁기가 작업이 끝났다는 신호를 보낸다. 가족들이 하루를 살아내느라 흘린 땀을 세탁기가 깨끗하게 빨아 준다. 많은 옷도 마다치 않고 제 역할을 척척 해낸다. 햇볕이 좋아 빨래가 잘 마르겠다. 접이식 건조대를 펼쳐 옷을 넌다. 남편의 속옷이 오래되어 후줄근하다. 검소함이 몸에 밴 사람이라 쉬이 버리는 것을 좋아하지 않는다. 속옷은 건조대가 제 몸인 양 착 감긴다. 까슬까슬 잘 말라 또 다른 하루를 시작할 때 기분이 좋았으면 한다. 아이들의 옷을 보면 크는 것이 눈에 보인다. 이제 제 아빠의 옷과 비슷해졌다.

내가 어릴 적에는 세탁기가 흔하지 않았다. 엄마는 한겨울 추위 속에도 강에 나가 빨래를 하였다. 꽁꽁 얼어붙은 강추위도 엄마의 부지런함을 막지 못했다. 애벌빨래한 것을 머리에 이고 개선장군처럼 꿋꿋하게 강으로 걸어갔다. 빨래를 헹굴 수 있을 만큼 구멍을 내었다. 얼음물 속에서 살을 에는 듯한 고통도 삭이며 엄마는 말이 없었다. 빨래가 끝나면 손은 빨갛게 얼어 있었다. 손이 시려도 왜 말하지 않는지 의구심이 들 정도였다.

빨래를 넣어 긴 바지랑대를 하늘로 끌어 올렸다. 추운 날씨에 빨리 마르길 바라는 마음에서다. 오빠는 추위도 아랑곳하지 않고 친구들과 스케이트를 타러 강으로 갔다. 하루에도 몇 번씩 물에 빠져 오는 날에는 옷이 채 마르지 않아 입을 게 없었다. 엄마는 매사에 조심하지 않는 오빠를 나무랐다. 밖에 친구들이 불러도 나가지 못하고 이불을 감싼 채 하루를 지내야 했다. 그 일은 지금도 가족 모임이 있을 때마다 빠지지 않는 이야깃거리가 되고 있다.

빨래를 한 날은 엄마가 특별히 해 주던 음식이 있었다. 알맞게 익은 김치에 참기름을 듬뿍 넣은 김치볶음밥이었다. 그날은 고무줄 바지가 고마웠다. 실컷 먹어도 배가 졸리지 않으니 말이다. 프라이팬에 붙어 있는 밥 한 알까지 긁어먹고 나면 종일 참기름 향이 입안에 감기었다. 풍족한 생활은 아니지만 가난해서 힘들다는 생각은 별로 하지 않았던 것 같다. 그때 먹었던 김치볶음밥을 생각하며 가끔 해 먹는데 그 맛이 나지 않는다.

고등학교에 다닐 무렵 우리 집에 세탁기를 처음 들였다. 엄마는 세탁기를 어루만지며 무슨 상념에 빠졌는지 눈물까지 보였다. 나는 어렴풋이나마 눈물의 의미를 알 수 있을 것 같았다. 많은 빨래를 손으로 해야 했고 여름이면 모시 저고리 풀 먹여 다림질해서 아버지 옷을 해 입혔다. 엄마가 유일하게 몸을 쉬는 날은 비가 오는 날이었다. 어린 마음에 비가 매일 왔으면 좋겠다는 생각을 한 적도 있었다. 엄마는 부지런함이 재산이라는 것을 알게 해주었다.

어느새 나도 중학생을 둔 두 아이의 엄마가 되었다. 연년생을 낳고 천 기저귀를 사용했다. 일회용 기저귀가 많이 나왔지만, 피부가 짓무를까 봐 천 기저귀를 고집했다. 일과의 반은 두 아이가 벗어낸 기저귀를 빨고, 삶고, 개키는 것으로 보냈다. 더러워진 기저귀를 빨면서 건강하게 자라주기를 바랐다. 뽀송

뽀송해진 천 기저귀를 보며 여자에서 엄마로 거듭난다는 느낌이 들었다. 손빨래도 힘든 줄 모르고 했다. 여자는 약하지만, 신이 엄마라는 이름표를 달아 주실 때 모성애라는 선물도 함께 주신 듯했다.

벗어놓은 교복 와이셔츠를 손빨래한다. 큰아이의 체취가 느껴진다. 지나가던 아이가 "엄마 감사해요."라며 툭 내뱉는다. 언제 저렇게 커버렸는지 마음이 울컥한다. 내가 저만할 때 고맙다는 말을 하지 못했다. 듬직하게 자라준 아이가 고마울 뿐이다. 와이셔츠를 깨끗하게 다림질하여 입힌다. 세상에 나가 기죽지 않고 당당하게 살아가기를 바라는 마음을 담는다. 어려서는 부모의 뒷모습을 보고 성장했고 지금은 자식의 뒷모습을 보고 인생을 알아가는 중이다.

나를 운전하다

    집안이 어지럽다. 식구들이 휘젓고 간 자리를 치우느라 손길이 분주하다. 식탁 위는 더 가관이다. 기름기 묻은 접시를 뜨거운 물로 씻어 내린다. 사람이 지나간 자리가 이렇게 지저분할 수가 없다. 꽉 찬 음식물 쓰레기통을 내다 버린다. 제때 버리지 않아 독한 냄새를 풍긴다. 진공청소기로 방을 밀고 다닌다. 매일 반복되는 집안일이 끝이 없다. 어쩌다 손을 놓으면 집은 엉망이 되어버린다. 가끔 나는 누구인가 하는 생각이 든다.

    정류장으로 발걸음을 서두른다. 약속이 있으면 대중교통을 이용한다. 이십 년 전에 취득한 운전면허증은 서랍 속에 잠자고 있다. 시간이 지나고 나니 당신은 무사고, 무벌점이라며 녹색 면허증이 훈장처럼 주어졌다. 면허증을 취득하고 한 번도 운전대를 잡아 본 적이 없다. 남편의 반대에 부딪혀 포기하고 말았다. 안전에 민감한 그는 내가 운전만은 하지 않았으면 했다. 급한 것도 아니고 해서 그의 말을 따랐다.

버스를 이용하면 다른 삶을 엿볼 수 있다. 느리게 가는 대신 주변이 보인다. 무거운 짐을 든 사람을 보면 삶의 무게를 느낀다. 버스 손잡이를 꼭 붙잡고 있는 어르신을 보면 머지않은 나의 자화상을 보는 것 같다. 빌딩이 즐비한 도심의 길 위에서 밤을 보내는 이들도 있다. 얼굴 생김새가 다르듯 살아가는 모습 또한 다양하다. 버스를 타고 창밖으로 펼쳐지는 풍경 속에는 삶의 향기가 있고 인생이 있다.

포도를 팔고 있는 아주머니가 보인다. 일행이 늦은 시간에 포도가 팔리겠느냐며 애처로운 눈빛으로 바라본다. 얼마 남지 않은 포도를 팔기 위해 오가는 사람에게 맛보라며 잠시도 가만있지 않는다. 열심히 사는 그녀를 보며 나를 본다. 살면서 한 가지를 얻기 위해 노력해 본 적이 언제였나 싶다. 주체적인 삶을 살아보고 싶은 욕망이 꿈틀거린다. 조연이 아닌 주연으로

서 당당히 살고 싶다. 누구의 아내, 엄마 대신 내 이름으로 살고 싶은 것이다. 언제부턴가 심장 소리는 들리는데 가슴이 뛰지 않는다.

큰 소용돌이 없이 살아온 것 같다. 내 삶을 음식 맛에 비유한다면 심심하기 그지없다. 자리에 누워도 쉬이 잠들지 못한다. 일이 생겨도 부딪히는 것이 싫어 내 목소리를 내지 않았다. 시간이 흐를수록 위장된 평화도 진짜 평화처럼 느껴졌다. 어디를 가도 내 존재를 잘 드러내지 않는다. 톡톡 튀는 성향을 부러워하면서도 정작 나 자신은 그렇게 하지 못한다. 어우렁더우렁 사는 것이 모나지 않게 사는 거라 여겼다. 가족들 뒷바라지에 나를 잊은 지 오래된 것 같다.

요즘은 반란이라도 하듯 나의 색깔을 한 번쯤은 드러내고 싶다. 미지근한 삶은 안정되어 보일지 모르나 박제된 표본처럼 생기가 없다. 매 순간 최선을 다해 살아야 한다는 것을 다른 사람을 통해 배운다. 변화가 두려워 애써 외면하며 살아왔는지 모른다. 나 자신한테 좀 더 솔직하지 못했다. 안정된 삶이 행복이라 여기며 지금까지 살아온 것 같다.

삶의 주인은 바로 나 자신이다. 이제 내 삶의 운전대를 누구에게도 맡기고 싶지 않다. 내가 원하는 대로 감정이 흐르는 대로 맡겨 두고 싶다. 자아의 목소리에 귀 기울이며 누구의 그늘이 아닌, 스스로 그늘을 만들어 갈 것을 다짐하며 오늘 첫 시동을 켠다.

'부르릉~부르릉~' 경쾌한 시동 음이 구름 속으로 울려 퍼진다.

부끄러운 일

    나라가 온통 암울하다. 세월호 참사는 정부에 대한 실망감을 넘어 분노하게 했다. 수많은 학생이 차가운 바닷속에서 살아 돌아오지 못했다. 순진한 아이들은 선장 말만 믿었다. 기울어진 배는 안전 불감증이 빚어낸 참사가 아닐 수 없었다. 한 명이라도 구조되기를 바라는 마음으로 뉴스에 귀를 기울였다. 배 안에서 우왕좌왕하는 아이들의 모습이 떠나질 않았다. 우리 아이도 고등학생이 아니던가. 백일이 훨씬 지난 지금도 아이들이 돌아오지 못하고 부모는 하루하루 힘든 날이 이어지고 있다.

    원고 청탁을 받았다. 사회 시사성을 띠면서 수필의 특성을 잘 살린 글이었으면 하였다. 내게 분에 넘치는 주문이었지만 승낙하고 말았다. 하지만 세월호 참사라는 큰일이 있었음에도 그것을 주제로 글을 쓰지 못했다. 너무나 큰 슬픔에 감히 글로 표현하지 못했다는 말이 더 정확할지 모르겠다. 시사와는 먼 글을 송고하고 나서 자괴감이 들었다. 내가 글쓰기에 발을 들여놓고 책임감 있게 잘하고 있는지 의구심이 들었다.

지켜주지 못한 안타까움에 노란색 리본이 물결치는데 나는 나르시스에 빠져 감성에 젖은 글을 쓰는 게 무슨 의미가 있는지 생각하게 되었다. 부끄러운 마음에 얼굴이 붉어졌다. 수필이 자기고백의 글이기도 하고 일상이 주제가 된다는 것을 부정하는 것은 아니다. 수필 쓰기가 개인을 넘어 사회에 관심을 가져야 하는 의무가 있을 터이다. 글을 쓴다는 것이 자기만족에 그친다면 더는 문학이기를 포기하는 행위일 것이다.

수학여행을 떠나던 아이들은 한껏 들떠 있었을 것이다. 어린 나이에 아직 제 꿈을 펼쳐보기도 전에 돌아올 수 없는 길을 떠났다. 뉴스를 지켜보던 아이가 크면 이민을 가야겠다고 한다. 이렇게 불안하고 안전이 보장되지 않는 곳에서 훗날 자신의 아이를 키울 수 없다고 했다. 자라나는 아이들에게 꿈과 희망을 주어야 할 세대가 제 역할을 하지 못하니 아이에게 불신을 심어주고 말았다. 어른들을 믿고 살 수 없다는 말에 나는 입을 다물고 말았다.

IMF 이후 신자유주의 물결은 승자독식을 낳았다. 공동체 의식은 사라져 가고 '생존'이라는 것이 삶의 목표가 되어버린 듯하다. 내가 아니면 그 누구도 자신을 지켜주지 못한다는 생각이 철저히 개인주의 사회로 만든 것 같다. 남에게 관심 가질 여유가 없다. 인간관계도 철저한 계산속에서 이루어진다. 넓은 인간관계는 깊이 있는 관계로 발전하지 못한다. 나 역시도 거기에서 자유롭다 말하지 못할 것이다.

물질 만능주의가 팽배하다 보니 안전보다는 성장에 목표를 둔다. 그래서 안전은 늘 뒤로 미루어진다. 안전에 투자하면 금방 성과가 드러나지 않는다. 참사가 일어나면 그제야 소 잃고 외양간 고치듯 기본에 충실해야 한다고 떠든다. 살아오면 서 크고 작은 일을 많이 보아왔다. 그때마다 내가 낸 세금이 제대로 쓰이고 있는지 의심스러웠다. 세월호는 바다에 떠 있으 면 안 되는 배였다고 감사 결과가 나왔다. 피해자들은 분노했다. 세월호 참사는 우리나라 구조적 모순을 단적으로 보여 주었다.

이번 일을 거울삼아 이런 일이 반복되지 않도록 기성세대가 다음 세대에게 선물을 줄 차례다. 많은 사람의 희생이 헛되지 않도록 남은 자들이 해야 할 일을 찾아야 할 것이다. 시간이 지날수록 세월호 참사가 우리 기억에서 잊혀간다. 열 명이 실종 상태이며 아직도 구조 작업이 이루어지고 있다. 방송에서 사라지고 우리의 관심마저 사라진다면 유가족은 더 힘들어 할 것이다.

관심의 끈을 놓치지 않는 것이 우리가 할 일이 아닌가 싶다. 살면서 부끄러운 일이 어디 한두 가지였나. 그때마다 기억의 망각으로 잊어버리곤 했다. 이번에는 망각의 강을 건너지 말고 기성세대가 아이들에게 떳떳하게 다가갈 수 있어야 한다. 아이들에게 보호막이 되어주지 못하는 사회가 행복할 수 있을까. 더는 이런 일이 발붙이지 못하도록 기성세대가 힘을 써야 한다. 이번 일은 글을 쓰는 한 사람으로서 두고두고 가슴에 새기어야 할 것이다.

수선집 할아버지

가을 햇살이 입간판을 비춘다. 수선집 벽에 걸린 흑백사진이 시간을 가늠하게 한다. 아이들 교복에 이름을 새겨야 했기에 수소문하여 찾아갔다. 다림질까지 말끔하게 해주어 단골이 되었다. 주인장은 일흔이 넘은 할아버지다. 깐깐해 보이는 첫인상에 대하기가 어려웠다. 삼 년쯤 지나다 보니 반갑게 인사도 하고 일상적인 이야기도 오가게 되었다.

작은 아이 교복이 일 년 사이 작아졌다. 새로 교복을 장만하였다. 마침 일요일이라 망설이면서도 집을 나섰다. 걸어서 이십 분 거리다. 가게에 다다랐을 때 할아버지의 뒷모습이 유리창

너머로 보인다. 혹 안 계시면 헛걸음이었을 텐데, 자리를 지키고 계신 할아버지가 새삼 고맙다. 집안 결혼식만 아니면 가게 문을 연단다.

젊은 시절 할아버지는 학교에서 아이들을 가르쳤다. 사정이 생겨 옷 수선을 하게 되었는데 친구들이 걱정을 많이 했다고 한다. 하지만 지금은 퇴직한 친구들이 오히려 현직에 있는 할아버지를 더 부러워한단다. 한 가지 일을 사십 년 넘게 해오신 할아버지에게서 장인정신이 느껴진다. 누가 뭐라고 하던 오늘날까지 이어졌으니 일에 대한 나름의 철학이 배여 있는 듯하다.

박음질하는 사이 가게를 둘러본다. 여분의 공간을 활용하였는지 역삼각형의 길쭉한 모습이 검소해 보이는 주인장과 닮아있다. 몸집이 큰 재봉틀이 가게 한가운데 놓여있다. 마흔세 해가 되었단다. 재봉틀이 윤이 난다. 주인장의 손길이 얼마나 스쳤을까. 할아버지는 여태 고장 한 번 없었다고 자랑스럽게 말한다. 요즘 사람들은 돈을 좇느라 프로정신이 없는 것 같다며 할아버지가 아쉬움을 토로했다.

프로정신이라는 말에 생각이 스쳤다. 글밭에 발을 들여놓고 얼마나 치열하게 글을 써 왔는지 돌아보게 된다. 채우지도 않고 쓰려고 했다. 한 권의 책을 쓰기 위해 백 권을 읽어야 한다고 하는데 기본에 얼마나 충실했던가. 읽지도 않고 쓰려고 했으니 무슨 무모함인가. 나야말로 우물가에서 숭늉을 찾은 꼴이다. 숙성된 것이 없는데 제대로 된 글이 나오기를 바랐으니 이 또한 욕심일 터이다. 힘들이지 않고 그저 얻으려는 심보가 아닌가. 빈 곳간에서 따뜻한 밥이 되기를 기다렸으니 제대로 될 리가 만무하다.

글을 쓰면서 봉합되지 못한 마음이 치유되었다. 치열한 글쓰기보다 내 심경을 토로하는 글을 써왔다고 해도 지나치지 않을 것이다. 묻어가는 삶이 편했다. 자아에 눈뜨지 못하고 살아온 지난 시간이 허무로 다가왔다. 글이 써지지 않으면 재능 탓을 했다. 신이 내게 준 재능은 과연 무엇일까 고민했다. 매사에 조급하고 기다릴 줄 몰랐다. 눈에 보이는 결과물이 없으면 불안했다.

아는 것은 좋아하는 것만 못하고 좋아하는 것은 즐기는 것만 못하다고 했다. 같은 일을 해도 즐기는 사람을 따라갈 수는 없는 노릇이다. 글쓰기를 온전히 즐기지도 못하고 좋은 글을 쓰려는 욕심만 내 안에 가득했다. 할아버지처럼 한길을 묵묵히 최선을 다한 시간이 내게 있었는지 되묻는다. 장인정신은 글쓰기에도 필요한 것 같다. 자기가 하는 일에 전념하려는 철저한 직업정신이 있어야 좋은 글을 쓸 수 있을 것이다. 수필가라는 이름이 부끄럽지 않도록 애를 써야 할 것이다.

그사이 교복 위에 이름이 제자리를 찾았다. 오랜 시간 한길을 걸어온 할아버지의 연륜이 묻어난다. 고맙다는 인사를 건네고 가게 문을 나선다. 그동안 글이 잘 쓰이질 않아 고민만 늘어놓았다. 노력은 하지 않고 나의 한계만을 자책하며 시간을 보냈던 것 같다. 다시 한 번 마음을 가다듬는다. 할아버지처럼 한 길을 묵묵히 걸어가다 보면 한 걸음씩 나아질 것이다. 먼 길도 한걸음부터다. 잘 쓰려는 욕심보다 읽기라는 곳간을 우선 채워야 할 것이다. 그다음에 좋은 글은 자연스레 나오지 않을까. 쪽빛 하늘이 나를 따라오고 있다.

이름

　친구가 이름을 바꾸었으면 했다. 부르기 쉽고 고운 이름을 갖고 싶단다. 부모가 지어준 이름을 왜 바꾸려고 하는지 나는 오히려 반문했다. 딸부잣집 막내딸로 태어난 그녀가 이름에 대해 고민을 많이 했었나 보다. 나도 이름에 대하여 할 말이 많다. 정월달에 태어나서 정이라고 지었다고 했다. 3월에 태어나면 삼월이, 4월에 태어났으면 사월이라고 지을 생각이었던가. 어려서 보던 드라마에 몸종의 이름이 삼월이 아니면 사월이었다. 성의 없이 지은 것 같은 인상을 지울 수가 없었다. 내가 아들이어도 이렇게 지었을까 하는 의구심이 들었다.

나는 예쁘지도 않은 이름이 세 개나 된다. 미정이, 정이, 정아다. 어느 것 하나 마음에 드는 게 없다. 초등학교 이전까지는 미정이와 정아로 불러 주었고, 학교에 입학하면서부터 정이가 되었다. 불리는 이름에 따라 행동이 달라진다. 미정이라 불릴 때는 철없는 아이로, 정이로 불릴 때는 사회의 한 사람으로 나도 모르게 긴장하게 된다. 가장 편한 이름은 '정아'라고 불러줄 때다.

고등학교 다닐 때 우리 반에 나와 똑같은 이름을 가진 친구가 있었다. 성도 이름도 같다는 이유로 먼저 다가가 말을 건네기도 했지만, 나와 성향이 다른 그 친구와 친하지 못한 채 한 해를 보냈다. 수업시간에 이름을 부르면 같이 대답하기가 일쑤였고, 그 친구와 비교당하는 것이 싫어 반듯하게 행동해야 한다는 강박관념이 생기기도 했다. 같은 이름을 쓴다는 것은 같은 옷을 입은 느낌이었다. 그 친구와 동일시되면서 서로의 행동에 예민해지고 일 년이 빨리 지나갔으면 하는 마음이 간절했다. 이름은 성장하는 내내 불편하게 했다.

이름에 대한 기억은 소심함을 더해 주었다. 말로 받은 상처는 말로 치유되는 것일까? 친구들 모임에 나가 내 이름에 대한

콤플렉스를 이야기했더니 그 이름이 어때서 별소리 다 한다고 했다. 자세히 들여다보니 나를 아끼지 않는 마음이 깔려 있었던 것 같다. 매사에 자신이 없고 당당하지 못하니 이름조차 부정하고 싶었는지 모른다.

아이를 낳고 이름 짓는데 정성을 다했다. 이름에 부모의 사랑이 배여 있음을 알게 되었다. 기쁠 때나 슬플 때, 예쁜 짓 할 때마다 부르는 것이 이름이다. 옛날에는 아이가 걸음마를 할 때까지 출생신고도 늦추었다고 한다. 의학이 발달하지 못해 이름 모를 병으로 어린 생명을 많이 떠나보내던 시절이라 이름을 천하게 지었다고 한다. 어느 자식인들 귀하지 않았을까? 부모의 사랑을 왜곡했던 나 자신이 부끄러웠다.

어떤 이름으로 불리던 나답게 사는 것이 중요하지 않을까. 자신을 아끼지 않았던 지난 시간을 뒤로하고 이름에 대한 생각을 바꾸게 되었다. 조. 정. 이. 한 자 한 자 짚어가며 불러본다. 부르기 쉽고 기억하기 좋은 이름이다. 세련된 이름은 아니지만, 어디에도 어울리는 이름이라 생각한다. 화려하지 않고 튀지 않아 더 좋다. 드러내지 않는 내 성향과도 제법 잘 맞는 이름이다. 가끔 정이를 정희로 기억하는 사람이 있지만 친밀해지면 자연스

럽게 알아간다. 긍정의 힘이 이렇게 큰 것일까? 생각을 바꾸니
자신감이 생겼다. 위축된 모습도 당당한 자신도 종이 한 장
차이였다. 얇은 막을 깨고 나오는데 많은 시간이 걸렸다.

개명을 통해 좋은 기운을 받을 수 있다면 이 또한 하나의
방법이 되지 않을까. 이름은 한 사람의 권리이자 행복의 조건이
되기도 한다. 세상과 소통하는 도구이며 자신의 이미지이기도
하다. 이름은 나의 것이지만 남이 많이 쓴다. 그래서 이름을
지을 때 소홀할 수 없는 이유이기도 하다. 요즘은 절차가 까다롭
지 않아 개명이 쉬워졌다고 한다.

그녀가 전화했다. 옛 이름은 잊고 새로 지은 이름을 불러
달라고 한다. 흔쾌히 그러마 했다. 신중을 기울여 지었을 것이다.
그녀의 아이들도 제 엄마의 개명을 적극 지지해 주며 축하해
주었다고 한다. 새 이름으로 다시 시작하고 싶단다. 수화기
너머 들려오는 그녀의 목소리에 활기가 넘친다. 무엇보다 자신
이 만족스러우니 모든 일이 평탄할 수 있으리라. 이름만큼이나
예쁘게 살아가기를 응원하고 싶다.

오해와 이해 사이

문자가 왔다. 꼭 일 년 만이다. 작년에 우리 집을 다녀간 친구다. 하룻밤 신세를 져야 한다기에 주저 없이 그러라고 했다. 아들과 함께 온다는 것이었다. 맛있는 것을 해놓고 기다리란다. 조금 당황스러웠다. 친구한테 편하게 대하는 그녀가 부럽기도 했다.

이년 전부터 연락이 닿아 가끔 전화 연락만 했고 왕래는 없었다. 할머니를 뵈러 가는 길에 내 얼굴을 봐야 한다는 것이 그녀의 말이었다. 한편으론 멀리 사는 그녀가 나를 보러 온다는 것이 고맙기도 했다. 아들과 함께 온다니 뭘 대접해야 할까 고민이 되었다. 무작정 장을 보러갔다. 이것저것 사고 나니 남편이 저녁을 대접하겠단다. 오랜만에 아내를 보러 온 손님에게 음식을 대접하고 싶은 모양이다. 남편이 준비한 식당에서 오랜만에 그녀와 담소를 나누었다. 남편의 배려가 느껴졌다.

늦은 시간까지 희미한 옛 기억을 부여잡고 살아온 이야기를 했다. 아침을 먹고 그녀는 할머니를 보러 떠났다. 그리고 전화도 문자도 없었다. 내가 뭘 섭섭하게 대했는지 돌아보게 되었다. 전화를 한번 해볼까 했지만, 선뜻 내키지 않았다. 일상은 작은 감정까지 오래 머무르게 하지 않았다. 아버님이 편찮으시고 얼마 지나지 않아 상을 치르면서 그녀에 대한 기억은 조금씩 잊혔다.

가끔 그녀를 생각하면 기분이 묘해졌다. 가끔 하던 전화 연락도 왜 하지 않는 것일까. 내게 섭섭한 것이 있었을까. 나만의 상상은 돌이킬 수 없을 만큼 멀리 가버렸다. 그러던 사이 내 전화기에 그녀의 전화번호는 지워졌다. 더는 생각하지 않기로 했다. 갑자기 보고 싶다고 온 문자가 나를 당황케 했다. 이제 와서 보고 싶다는 말이 순수하게 느껴지지 않았다. 또 하룻밤 묵어갈 집이 필요했던 걸까 하는 생각마저 들었다.

그녀가 보낸 문자를 다시 한 번 읽어보았다. 소식이 너무 늦어 미안하고 보고 싶다고 했다. 그동안 그녀에게 피치 못할 사정이 생겼을 수도 있었을 텐데. 한번 닫힌 마음의 문은 쉽게 열리지 않았다. 그녀를 이해하고 싶은 마음도 사라졌다. 내가 오해를 하고 있는지도 모른다. 저녁을 먹으면서 남편에게 오늘 있었던 이야기를 했다. 당신은 어떻게 생각하느냐고 물으니 그냥 이해하란다. 이럴 때 한 살 많은 남편에게 내 좁은 마음을 들켜버리고 만다. 나는 이해하기도 더는 인연을 이어가고 싶지 않다고 했더니 남편은 의미심장한 미소를 지을 뿐이다.

　이해하면 가슴이 뜨거워지기도 하지만 오해를 하면 냉가슴이 되기도 한다. 사소한 오해로 많은 사람이 내 곁을 스쳐 갔는지 모른다. 저녁을 먹고 차를 마셔도 마음이 진정되지 않는다. 오해와 이해 사이를 넘나들며 그녀를 머리에서 떠올렸다가 지우기를 반복한다. 감정 정리가 안 된 상태에서 문자를 보내면 그녀가 오해할 수도 있으니 답 문자는 보내지 않기로 했다.

　남편은 사소한 일에 흥분하는 나를 이해하지 못하겠다는 듯이 바라본다. 이내 못 본 척한다. 나의 옹졸함이 드러나는 순간이지만 그 일로 힘들었던 게 사실이다. 인간관계에 적극적

이지 못한 편이다. 상대방은 아무런 의미도 두지 않는 일에
나 혼자 이런저런 상념에 젖어 있는지도 모른다. 복잡한 마음에
친구 연락처를 정리한다. 순간 머리가 하얘졌다. 그 문자의
전화번호가 다른 친구의 전화번호임을 알게 되었다. 허탈한
웃음이 나왔다. 왜 당연히 그녀라고 생각했는지 모르겠다.

　무의식 속에 그녀의 연락을 기다리고 있었던 게 아닐까.
무슨 일이든 발 벗고 나서지 못하고 주저하다 놓쳐버린 일이
한두 번이었나. 전화 한 통이면 해결될 일을 고민하고 있었다.
문자는 몇 년 전에 연락이 끊긴 다른 친구가 보낸 것이었다.
한 인연이 떠나고 나니 새로운 인연이 이어졌다. 그녀에 대한
마음을 내려놓기로 했다. 마음이 움직이면 내가 먼저 연락할
수도 있을 것이다. 오해의 뒷면에 나의 집착과 소심함이 자리하
고 있었다.

제3부
엄마의 독백

비 오는 날의 풍경

허기

남천을 걸으며

해후

위문 공연

엄마의 독백

잉여의 시간

밥

깨와 참기름

끈

비 오는 날의 풍경

비가 내린다. 어릴 적에 비는 반가운 손님이었다. 부모님은 비 오는 날이라야 오롯이 쉴 수 있었다. 농촌 일은 끝이 없었고 집은 늘 냉기가 감돌았다. 나이 차이가 많던 언니는 직장생활로 집을 떠나고 오빠는 친구들과 어울리느라 나와 함께하는 시간이 적었다. 어울려 놀던 또래도 하나둘 도시로 떠나갔다. 남은 친구는 남자아이들뿐, 그들과 몇 번 함께 어울리다 그마저도 시들해졌다.

친구가 보낸 편지를 기다리는 것이 유일한 낙이었다. 그들의 생활이 멋져 보였고 나도 언젠가는 살게 될 도시의 삶을 꿈꾸었다. 하지만 시간이 갈수록 친구들의 편지가 뜸해졌다. 도시생활에 적응해서인지 아니면 나를 잊어버린 것인지 알 수 없었다. 비가 와서 엄마가 모처럼 집에서 쉬는 날이면 떡을 쪄 주었다. 찜통에 올라오는 김을 보면 군침이 돌았다. 오랜만에 여유를 즐기신 아버지도 파전을 안주 삼아 막걸리도 잊지 않았다.

군불을 땐 아랫목에 누워 있으면 천장에서 비 떨어지는 소리가 들렸다. 이튿날 아버지는 소를 몰고 논갈이하러 나갔다. 엄마는 품앗이 가는 날이라 아버지의 간식을 내게 부탁했다. 아버지는 바지를 허벅지까지 걷어 올리고 "이리야~이리야~" 하며 논을 갈았다. 한 발짝 움직일 때마다 근육이 위에서 아래로 움직였다. 삶의 무게를 그때는 알지 못했다. 뚜껑을 열어보니 날씬했던 라면이 퉁퉁 불어있었다. 아버지가 맛있게 드시더니 그마저도 반을 남겨 내게 주었다. 나는 날름 받아 후루룩 삼켰다. 가끔 그 일을 떠올리면 웃음이 난다.

지나간 인연이 떠오른다. 바쁜 일상은 서로에게 소원하기 마련이었다. 남편을 따라 이사를 했다. 변화를 두려워하는 나는 이사 할 때마다 적지 않은 스트레스를 받았다. 이런 내 모습을 남편은 달갑지 않게 여겼다. 이사는 또 다른 시작이라며 나를 달래곤 했다. 좋은 사람들을 만나 정붙이려 할 때쯤 또 다른 곳으로 이사했다. 이웃에게 떠나는 모습을 보이고 싶지 않아 아침 일찍 서둘렀다. 들고 있던 휴대폰이 계속 울렸다. 헤어지는 것에 익숙지 않아 도망치듯 와버렸다.

어려서 도시로 이사 가던 또래의 뒷모습을 나는 이제야 이해하게 되었다. 뒤도 한번 돌아봐 주지 않는 그가 야속했는데 그때 그 마음이 지금 내 마음과 같지 않았을까. 이삿짐을 채 부려놓기도 전에 비가 내렸다. 창문을 열고 하늘을 바라보던 남편이 비 오는 날 이사하면 잘산다는데 하며 내게 웃음을 보인다. 정리를 끝내고 남편에게 여기서 얼마나 살 거냐고 물었더니 더는 이사할 일 없단다. 식구들은 낯선 곳에서 잘 적응했다. 나만 적응하는 데 더디기만 하다.

어느새 구름 사이로 해가 고개를 내민다. 어려서 멋진 도시 생활을 꿈꾸던 나는 아직도 흔들리고 있다. 아버지도 추억만 남기고 떠났다. 내 안에 아버지의 음성이 희미하게 들려온다. 떠나온 곳 그만 생각하고 사는 곳에 마음을 두란다. 감성에 젖었던 나는 다시 현실로 되돌아온다.

허기

햇살이 비스듬히 돌담을 비추었다. 멀리서 동네 아주머니가 달려왔다. 내 옆에 앉은 친구를 보고 빨리 집에 가보란다. 순간 재미있던 놀이가 정지되었다. 뭔가에 홀린 것처럼 친구는 집으로 향했다. 같이 놀던 또래들도 함께 뛰었다. 동네 사람들이 웅성거리고 한쪽에 친구의 엄마가 거품을 물고 누워 있었다. 택시가 도착했다. 그녀를 태우고 읍내 병원으로 서둘러 떠났다. 한가로운 오후에 온 동네가 난리였다. 갑자기 들이닥친 일에 친구는 떨고 있었다.

그녀는 딸만 셋 있는 홀아비에게 시집왔다. 살림살이는 궁색하기 짝이 없었다. 하지만 그녀는 딸 하나 아들 하나를 낳았다. 아들이 없던 집안에 대를 이었으니 홀아비의 아내 사랑은 유별났다. 식구가 늘어나자 살림이 더 어려워졌는지 그녀의 얼굴은 늘 그늘져 있었다. 남편의 사랑만으로 채워지지 않는 것이 있었던 모양이다. 엄마는 금실 좋은 그 부부를 부러워했다. 재취로 들어왔어도 남편 사랑은 독차지한다며 여자 팔자 뒤웅박 팔자라고 했다.

엄마와 그녀는 동갑이라 가까이 지냈다. 언제부턴가 친구 집에 놀러 가면 간식거리가 늘려 있었다. 처음에는 손님이 다녀가신 줄 알았다. 그런데 다음날도 그 다음날도 종류가 다른 간식거리가 우리의 입을 즐겁게 해 주었다. 친구는 인심 좋게 과자를 또래한테 나누어 주었다. 못 보던 물건이 하나둘 늘어났다. 남루했던 친구의 차림새가 말끔해졌다. 나는 그 집이 부자가 된 줄 알았다. 적어도 그 일을 알기 전까지는.

가난이 싫었던 그녀는 동네를 돌아다니며 돈을 빌리기 시작했다. 높은 이자를 준다는 조건으로 입단속도 했다. 어려운 시절 높은 이자는 동네 사람들의 마음을 움직이기에 충분했을 것이다. 그녀는 큰 금액이든 적은 금액이든 가리지 않고 빌렸다.

빌린 돈으로 호사를 누렸던 것이다. 명절에나 얻어 입었던 새 옷을 수시로 사 입었고 점심때가 되어 들린 그 집 밥상은 우리 집에 귀한 손님이 와야 구경할 수 있는 반찬이 올라와 있었다. 나는 조촐한 저녁상을 마주하고 그 집이 부자인지 엄마에게 물어보았다. 잘사는 친정 오라버니가 도움을 주는 모양이더라고 했다. 그때까지 동네 사람 누구도 그녀를 의심하지 않았다.

어둠이 내리고 택시가 도착했다. 장례 준비를 한다며 동네가 부산해졌다. 제초제가 온몸에 퍼져 이미 늦었단다. 더는 돈을 빌릴 수 없게 되자 그녀는 극단적인 선택을 한 것이다. 나는 온몸이 새파래진 그녀를 보고 무서워서 엄마 뒤에 숨고 말았다. 그녀의 죽음을 동네 사람들은 진심으로 슬퍼했다. 장례식이 끝나고 슬픔이 채 가시기 전에 동네에는 또 한 번의 회오리가 몰아쳤다. 차용증을 내미는 사람이 한둘이 아니었다. 동네 사람들은 그제야 그녀의 뒷모습을 보게 되었다. 아내를 잃은 남편은 땅을 치며 통곡했다. 누가 그렇게 살라고 했느냐고, 비싼 옷과 맛있는 음식이 자네가 없는데 무슨 소용이냐며 절규했다. 나는 남자가 그렇게 슬피 우는 것을 처음 보았다.

백일하에 드러난 그녀의 행동에 동네 사람들의 반응은 싸늘했다. 삼삼오오 모여서 빌려 준 돈을 어떻게 받을 수 있을지에 여념이 없었다. 집을 이 잡듯 샅샅이 뒤져 돈 될 만한 물건을 마당으로 꺼내었다. 금액이 많은 차용증부터 순서대로 줄을 세웠다. 값나가는 물건을 순서대로 둔 다음 금액에 맞게 나누어 가졌다. 빚잔치를 한 거였다. 나는 그녀가 살아있을 때 살갑게 대하던 동네 사람들이 하루아침에 변하는 모습이 의아했다.

　이웃 동네까지 소문이 퍼졌다. 소문을 듣고 달려온 사람이 여럿 되었다. 자기 돈도 떼였다며 주저앉았다. 그들도 그녀의 달콤한 유혹을 피할 수 없었던 모양이다. 그녀는 결핍이 죽기보다 싫었을까. 땀 흘리며 일하는 모습을 한 번도 보지 못했다. 그녀는 농번기에도 자주 읍내를 오갔고 장바구니는 채워져 있었다. 삶이 팍팍했던 그녀가 늘 허기져 있었는지 모른다. 입성이 화려해지자 동네 사람들이 대하는 것이 달라졌다. 그 유혹을 쉽게 뿌리칠 수 없었던 것은 아닌지 모를 일이다.

　그 일은 동네 사람들의 불신과 흉흉한 소문만 남았다. 남은 가족은 동네를 떠나야 했다. 손수레에 실린 짐은 단출했다. 찌그러진 양은 냄비가 현실을 대신 말해주었다. 아저씨는 어린 아들의 손을 잡고 동네 사람들에게 마지막 인사를 했다. 폐만 끼치고 떠난다고 눈물을 흘렸다. 난 유년을 함께한 친구의 얼굴을 차마 볼 수가 없었다. 손 한번 잡아 주지 못하고 떠나보냈다. 아저씨가 손수레를 끌고 친구는 동생 손을 잡고 동구 밖으로 정처 없이 걸어갔다. 동네 사람들은 그들을 한참 바라보았다.

그녀의 일은 내게 긴 여운을 남겼다. 마흔 중반으로 들어선 나는 가끔 허기를 느낄 때가 있다. 덜 채워진 느낌은 열심히 살라는 무언의 압력이 되기도 한다. 허기를 가만히 들여다보면 식은 줄 알았던 열정이기도 했다. 그 틈을 조금씩 메우기 위해 오늘도 옹골진 걸음을 내딛는다.

남천을 걸으며

점심상을 물리고 남천으로 향한다. 챙 넓은 모자도 잊지 않는다. 남천을 걷는 이 순간만큼은 나를 위한 시간이다. 어제와 다르게 피는 꽃이 보고 싶기도 해서 놓치지 않으려고 한다. 며칠 계속되던 비로 강물이 불어 있다. 강한 물살이 큰 돌을 만나 휘돌아 내려간다. 부딪히는 대신 돌아가는 여유를 보여 준다.

도농복합도시인 경산은 소박하고 세련되지 않아 정이 간다. 어디를 가든 마주할 수 있는 과수원은 마음을 여유롭게 해준다. 이사 오면서 적응이 수월했던 이유 중의 하나가 내 정서와

맞아서다. 집을 장만할 때 남천이 큰 역할을 했다. 산책의 즐거움을 누릴 수 있고 강이 있어 좋았다. 남천을 걸으면 날 선 마음이 부드러워졌다.

남천 정화사업으로 새가 부쩍 늘어났다. 먹이를 먹는 모습이 평화롭다. 휴대폰에 담고 싶어 살금살금 다가갔더니 푸드덕 날아간다. 조심성 없는 발걸음이 방해하고 말았다. 내 욕심 채우려다 먹이도 마음놓고 먹을 수 없게 했다. 미안한 마음에 날아가는 뒷모습을 카메라에 담았다. 일상 속에서도 배려하지 못하고 내 중심이 아니었나 싶다.

불어난 강물에 징검다리가 잠겨 있다. 강물은 휘돌아 갈지언정 제 길을 멈추는 법이 없다. 건너편에서 낚시하는 사람을 발견했다. 망중한을 즐기는 모습이 여유로워 보인다. 그물망에 물고기 두 마리가 빠른 몸놀림을 하고 있다. 이미 탈출구는 없어 보인다. 먹잇감을 덥석 물은 대가로 그물망에 갇힌 신세가 되고 말았다. 쉽게 얻은 먹잇감이 자유를 담보로 하는 것인지 미처 몰랐으리라. 한 시간 남짓 걷고 나니 등에서 땀이 흐른다. 묵었던 감정이 살갗으로 흘러내리는 듯하다.

남천의 풍경과 하나 되는 이 시간이 작은 기쁨으로 다가온다.

나에게 말을 걸면 흩어진 기억들이 제자리를 찾는다. 요즘은 말의 홍수 속에 산다. 모임에 나가면 처음부터 끝까지 자기 말만 하는 사람이 있다. 남의 말은 들으려 하지 않는다. 봉사 단체에서 활동한 적이 있었다. 봉사하러 갔다가 사금파리에 벤 것처럼 상처만 남겼다. 작은 모임인데도 소통은 없었다. 회장의 일방통행은 회원들의 마음을 돌아서게 했고 서로 언성만 높이는 데 실망해 내 발로 걸어 나왔다. 일이 먼저인지 언성을 높여 자기의 주장을 관철하려는 것이 먼저인지 알 수 없었다.

열려 있는 두 귀로 들으려 하지 않고 말하기에 온 힘을 썼다. 나 자신을 돌아보는 계기가 되었다. 나에게도 그런 모습이 분명 있었을 터이다. 나도 듣는 것에 인색했는지 모를 일이다. 소음의 시대에 묵상하는 시간이 필요한 것 같다. 산책도 누군가 와 함께했다. 꽃들과 새들이 눈에 들어오지 않았다.

산책을 나섰다. 혼자 걸으면 마음이 안정되었다. 하늘에 떠 있는 뭉게구름도 나와 눈을 맞춘다. 그동안 보이지 않았던 이름 모를 꽃이 눈에 들어온다. 돌 하나도 의미 있게 다가온다. 그동안 자연이 주는 기쁨을 놓치고 있었다. 남천은 같은 모습을 내게 보이지 않는다. 걸으면서 자연의 변화를 덤으로 얻었다.

가을이면 소슬한 바람이 불어오고 겨울이면 나목들이 위풍당당하게 서 있다.

지천으로 핀 꽃들에게 말을 건다. 어제와 다른 모습으로 나를 반긴다. 꽃으로 피어나기 위해 바람과 햇살이 소리 없이 도왔을 것이다. 나는 아무런 대가도 치르지 않고 예쁜 꽃을 보며 눈을 떼지 못한다. 이름도 하나씩 알아간다. 수없이 오가던 길에서 비로소 꽃이 내 안에 들어온다. 눈 맞춤은 사랑의 표현이다. 풀 한 포기도 존재 이유가 있음을 알게 되었다. 내일도 소박한 점심상을 물리고 남천으로 발걸음을 옮길 것이다. 한동안 잊었던 나와의 대화는 계속되어야 할 것이다.

해후

　사람들의 발길이 분주하다. 역은 잠시 머물다 떠날 뿐 오래 머물지 않는다. 오랜만에 친구 모임이 있는 날이다. 많은 사람 틈에서 발걸음을 재촉한다. 삼십여 년 만의 만남이라 어젯밤에 잠까지 설쳤다. 연고지를 떠나 살다 보니 외로움을 벗삼아 살았다. 알게 된 사람도 여럿 있지만, 속내를 드러낼 만큼 가까이 지내지는 못했다.

　기차에 오른다. 옆에 앉은 아가씨가 창밖으로 손을 흔든다. 어머니로 보이는 분도 손을 흔들며 서 있다. 오래전 기차를 타고 고향을 찾았던 기억이 난다. 희붐한 새벽에 도착하면

공기가 서늘했다. 서둘러 집으로 가면 엄마가 끓여놓은 된장찌개가 지친 나를 위무해주었다. 집을 떠날 때면 엄마는 역까지 나를 배웅해 주었다. 챙겨둔 간식거리를 내밀며 자주 연락하라는 말도 잊지 않았다. 서울에 올라가면 감감무소식인 무심한 딸에 대한 항의였는지 모른다.

이제 고향에 가면 배웅해 주는 이는 없다. 기차를 하염없이 바라보던 엄마를 그리워할 날이 이렇게 빨리 다가올 줄 몰랐다. 이별은 남의 이야기인 줄 알았다. 내가 어미가 되고 보니 참 못난 딸이었다. 다정한 말 한마디가 뭘 그리 어려웠는지 모르겠다. 가끔 엄마는 무심한 딸이라고 혼잣말처럼 되뇌곤 했다. 더는 엄마가 끓여준 된장찌개를 먹지 못하게 되었을 때 철이 드는지 알 수 없는 회한이 밀려든다.

창밖에 나목이 초연하다. 자연의 순환 속에서 나무가 순응하는 법을 가르쳐준다. 지난 일이 주마등처럼 스쳐간다. 많은 부분을 시간이 해결해 주었고 여기까지 왔다. 어느새 인생의 후반부에 접어들었다. 자신의 얼굴에 책임질 수 있을 만큼 잘살고 있는지 자문해 본다. 친구들의 얼굴을 하나둘 떠올리며 더디 가는 시간을 바라본다. 한 시간 남짓 달리던 기차가 목적지까지 데려다주었다.

미리 마중 나온 친구가 나를 반긴다. 어렸을 때 모습이 남아 있어 알아보는데 어렵지 않았다. 타향에서 느껴보지 못했던 편안함이 온몸으로 전해진다. 주름진 얼굴이 지나온 시간을 말해 줄 뿐이다. 다른 친구들의 근황도 들을 수 있었다. 배우자와 사별한 친구가 있었고 세상을 떠난 친구도 있었다. 뭐가 그리 급했는지 일찍 가버렸다. 성인이 된 모습을 알 수 없기에 어렸을 때 모습이 머릿속을 헤집었다. 적지 않은 시간이 흘렀구나 싶다.

그동안 살기 바쁘다는 이유로 주위를 챙기지 못했다. 아이 엄마로 살아가면서 우선순위가 가족이 되었다. 곁을 내어 줄 만큼 여유가 없었다. 친구를 보며 나를 되돌아본다. 그들의 넉넉한 품은 객지에서 외로웠던 내 마음을 감싸준다. 살면서 크든 작든 상처를 주고받으며 살아간다. 사람한테 받은 상처는 사람을 통해 치유되는 것 같다. 어린 시절 같은 추억을 공유하는 것만으로 힘이 되어준다.

올 때 더디 흐르던 시간이 어느새 일상 속으로 돌아가야 할 시간이다. 훗날을 기약하며 친구가 역까지 바래다준다. 어깨를 두드리며 내 건강을 염려한다. 헤어지는 것이 못내 아쉬운지 향이 진한 커피 한 잔을 건넨다. 한 모금 마시니 달콤하고 쌉싸름하다. 우정에도 맛이 있다면 이런 맛이 아닐까. 너무 달지도 쓰지도 않아 곁에 오래 두고 싶은 맛.

기차에 올라 자리에 앉는다. 마음을 놓아서인지 피로가 밀려온다. 나도 모르게 스르르 잠이 든다. 기찻길을 뒤로하고 엄마와 손을 잡고 집으로 가고 있다.

위문 공연

위문 공연이 있는 날이다. 한 번이라도 건너뛸 수가 없다. 재주가 없는 내가 무엇으로 위로할까마는 그래도 두 분은 나를 애타게 기다린다. 가는 곳은 딱 두 군데이다. 진주와 함안이다. 진주는 남편이 태어났고 함안은 내가 태어난 곳이니 시어머니와 친정엄마를 만나러 가는 것이다.

두 분은 영감님을 먼저 보내고 혼자 살고 있다. 오매불망 자식을 기다리며 허한 마음을 달랜다. 남편과 나는 늦둥이로 태어나 젖값을 제대로 해야 한다. 챙겨 놓은 물건이 빠진 것은 없는지 확인한다. 간식거리도 넉넉하게 준비한다. 기뻐할 모습을 생각하니 마음이 분주해진다.

우선 진주부터 들린다. 냉기가 돌던 집에 남편과 나의 온기를 보탠다. 어머님의 굽은 허리 아래로 발걸음이 가볍다. 동네에 있었던 이야기를 구구절절 늘어놓는다. 나는 추임새를 섞어가며 열심히 들어준다. 동네 할머니 흉을 보면 같이 거들기도 한다. 손자들이 할머니를 보고 싶어 한다는 말도 잊지 않는다. 당신의 안부를 묻는 것도 기특하게 여기며 얼굴에 함박웃음이 가득하다. 어머님 앞에서 남편 흉도 서슴지 않고 본다. 무조건 며느리 편을 들어준다. 남자는 나이 먹어도 아이라며 다독이며 살라는 말도 덧붙인다.

처음부터 어머님과 편한 사이는 아니었다. 막내로 자란 나는 뭐든지 독점하려 했다. 어머님의 사랑도 받고 싶었는데 표현하지 않았다. 어머님과 가까워지려는 마음이 클수록 사이는 멀어졌다. 세월이 힘이 센 것일까. 강한 것은 부드러워지고 모난 것은 둥글어졌다. 어머님이 표현하기 시작하였고 나의 헛된 욕심도 내려놓게 되었다. 명절에 내려가면 며칠 묵고 올 때가 있다. 어머님은 잠자고 있는 내게 베개도 고쳐주고 이불을 덮어 주었다.

힘겨웠던 어머님의 시집살이 이야기는 시간 날 때마다 내게 전해졌다. 치유되지 않은 아픔은 기억 저편에서 잊을 만하면 재생되었다. 침을 맞으러 어머님은 자주 읍내로 나간다. 한의원에서 다른 집 며느리 이야기를 들어보니 희한한 사람도 많다며 나를 추켜세운다. 잘한다면 마음이 편치 않았다. 모시고 사는 것도 아니고 얼굴 내밀고 말벗 해드리는 것밖에 없는데 어머님은 귀하게 여겼다.

　어머님과 시간을 보내고 나면 친정으로 향한다. 진주에서 경산으로 오는 길에 함안이 있다. 어머님은 안사돈에게 안부를 전한다. 노년을 보내고 계신 두 분은 서로의 안부를 살갑게 챙긴다. 엄마는 시댁에 언제 가느냐고 곧잘 묻는다. 시댁 다녀오는 걸음에 얼굴이라도 한번 봤으면 하는 눈치다. 어버이날 어머님 모시고 병원에 가는 바람에 친정에 들리지 못했다. 전화만 드린 것이 마음에 걸렸는데 오늘 제대로 위문 공연을 해야 한다. 엄마는 우리가 간다면 뒷산에 올라가 동구 밖을 바라보고 서 있다. 아마 목이 긴 이유가 기다림에 지쳐 그리 되었을 것이다.

　엄마는 내 얼굴을 한참을 바라본다. 보고 싶었다며 별일 없느냐고 내게 묻는다. 엄마의 안색부터 살핀다. 주름살이 세월의 흔적을 고스란히 머금고 있다. 막내로 돌아가 말벗이 되어준다. 엄마도 내게 동네 소식을 빠짐없이 전한다. 사위가 좋아하는 가죽나물을 고추장에 버무려 놓았다. 된장이 떨어졌다고 하니 큰 통에 담아준다. 발효가 잘되어 노란색을 띠고 있다. 새끼손가락으로 맛을 보니 된장에 단맛이 난다. 내가 흉내 낼 수 없는 맛이다.

냉큼 받아 든 손이 부끄러워 딸은 허가 낸 도둑이라며 너스레를 떨었다. 별소리 다 한다며 또 갖다 먹으란다. 엄마가 꼬깃꼬깃 접은 만 원짜리 넉 장을 아이들에게 전해주라고 한다. 어린이날 그냥 지나갔다며 외손자들에게 마음을 전한다. 위문 공연을 갔는데 내가 더 위로받고 돌아온다.

두 분은 작은 일에 늘 고마워한다. 매사에 불평만 늘어놓는 나를 돌아본다. 일상의 소중함을 모르고 주어진 것을 당연하게 여겼다. 행복은 거창한 것이 아니라 작은 것에서 채워지는 거라 두 어머니가 가르쳐 준다. 허술한 위문 공연에도 웃음으로 화답하기에 힘을 얻는다. 위문 공연을 다녀오는 날이면 깊은 잠을 잔다.

엄마의 독백

시계만 바라본다. 친정에 가야 하는데 남편이 오지 않는다. 사업하다 보니 내 시간 맞추기가 싶지 않다. 거래처가 원하면 언제든지 달려가야 한다. 오늘따라 일이 바쁘단다. 챙겨 둔 가방을 슬며시 구석으로 밀쳐둔다. 친정으로 전화했더니 왁자지껄 온기가 전해지는 듯하다.

엄마가 요가를 배우기 시작했다. 평생 처음으로 당신을 위한 선택이었다. 땜내 나는 일복을 벗어던진 엄마에게 손뼉이라도 쳐 주고 싶다. 요가 수업을 기다릴 만큼 엄마에게 우선순위가 되었다. 아버지 돌아가시고 우연히 듣게 된 엄마의 독백에 내 명치가 아리다. 그날 아버지 사진 속에 엄마의 눈이 오래 머물러 있었다.

영감, 저 세상은 좋은교. 당신 보내고 낙이 없소. 한평생 살아온 기 허무하고 하루하루 지옥 아인교. 요새 팔자에도 없는 요가 시작 안했능교. 빈집에 앉아 있으니 시간도 지압고 가리늦가 시작한 요가가 자식보다 낫소. 요가 선생이 잘 가르쳐 주니 뻣뻣한 몸도 풀리고.

다리가 묵직하면 당신이 주물러줘서 괜안았는데 혼자 있응께 서글프기만 하고. 할 수 없이 마사지 기계를 들였소. 영감 손만 못해도 아쉬운 대로 씌고 있소. 몸이 늙으면 마음도 늙으면 좋으련만. 마음은 늙지 않고 거죽만 늙으니 낭패요.

우두커니 앉아 자식들 전화 안 기다려 좋고. 장날에 침 맞으러 가서 맛있는 것도 사 묵고 진즉에 이렇게 안 살았는지 모르것소. 하루하루 잘 지내고 있으니 내 걱정 말고 좋은 데 가서 내 갈 때까지 잘 있으소.

내 나이 열일곱에 머리 올려서 숟가락 두벌로 시작해 죽지 않을 만큼 고생했고 시어머니 시집살이보다 더 맵다는 동서 시집살이 견디고 살았응께 세월도 참 모질었제. 머리가 허예지고 나니 한세월

가버렸소. 영감도, 서슬 퍼런 동서도 이 세상 떠나고 나도 떠날 날이 얼마 남지 않은 것 같소. 자식들 고생 안 시키고 자는 잠에 가거로 당신이 도와주소.

처음으로 엄마의 약한 모습을 보았다. 날카로운 무언가에 벤 것처럼 나는 정신이 번쩍 들었다. 딸은 엄마와 친구가 된다는 말이 내겐 무색했다. 자식은 아버지 자리를 대신할 수는 없는 것 같다. 바쁜 농사일로 찬물에 밥 말아 먹어도 엄마가 맛있어서 먹는 줄 알았다. 엄마는 처음부터 내게 엄마였다. 한 번도 여자로 생각해 본 적이 없었으니 엄마로만 존재하기를 바랐는지 모를 일이다. 내가 어미가 되고 보니 엄마도 사랑받고 싶은 여자였음을 어렴풋이 알게 되었다.

엄마처럼 살고 싶지 않았다. 평생 일만 하는 뒷모습을 보며 나는 다른 삶을 꿈꾸었다. 싫다면 더 닮아간다더니 내가 그 모양새다. 어려움을 겪으면서 엄마의 생활력이 내 몸속에 흐르고 있음을 직감했다. 땀의 가치를 알지 못했다. 죽도록 일해야만 생존할 수 있었던 절박함을 나는 외면하고 싶었는지 모른다. 그 땀으로 내가 존재하고 있음을 이제야 깨닫는다.

우리 가족이 제일 늦게 도착했다. 요가 덕분인지 엄마의 피부가 한결 부드러워졌다. 식이요법도 병행하라고 해서 식사량도 줄인단다. 표정이 환해졌다. 어두운 옷을 벗고 오늘은 분홍색으로 멋을 내었다. 하얀 머리는 검은색으로 물들였다. 큰아이가 한마디 거든다.

"외할머니 예뻐지셨네요."

엄마의 얼굴이 발그레진다. 땅거미가 지기도 전에 떠날 채비를 하라고 한다. 예전의 모습으로 되돌아온 것 같다. 목소리에 힘이 실려 있다. 집안 정리도 해야 하고 밭에도 나가봐야 한다며 길을 나서란다. 우리 차가 보이지 않을 때까지 손을 흔든다. 두 분이 서 있던 자리에 엄마 혼자 서 있다. 나도 손을 흔든다. 엄마도 나도 더는 눈물을 흘리지 않았다.

잉여의 시간

　T.V를 보고 있다. 딱히 프로그램에 관심 있는 것도 아니다. 커피는 주인의 체온을 느끼지 못하고 식어 가고 있다. 막내가 중학생이 되면서 생겨난 우리 집 풍경이다. 아이들은 밤 열 시가 넘어서야 집으로 돌아온다.

　아이들이 어렸을 때는 나만의 시간이 간절했다. 지금은 주어진 하루를 어떻게 보내야 할지 고민해야 하는 시기가 되었다. 아이가 있어 끊이지 않던 대화도 필요한 말 외에는 오가지 않는다. 남편과 나는 이미 한 공간에서 각자의 영역이 생겨 버린 것 같다. 남편이 침묵을 깨고 운동하는 것이 어떠냐고 했다.

집 근처 골프 연습장을 찾았다. 세련된 분위기가 낯설었다. 갖추어 입은 옷 하며 비싼 골프 가방이 '이 정도는 돼야 공을 치는 사람'이라고 하는 것 같다. 운동을 별로 좋아하지 않는 나는 여기에 어울리지 않는다는 생각이 들었다. 내 생각을 읽기라도 한 듯 남편이 무슨 일이든 처음은 어색하다며 골프채를 건네준다.

엄마는 아버지의 빈자리를 쉽게 받아들이지 못했다. 친정에 들렀더니 엄마가 보이지 않았다. 동네 할머니에게 물어보니 읍내에 나간다고 했다. 매일 침 맞는 것도 아닐 텐데 불길한 생각이 들었다. 할머니가 일러준 곳을 찾아갔다. 음악이 울리고 행사 진행 요원인 듯한 건장한 남자가 '어머니'라고 부르며 자식보다 더 다정하게 굴었다. 다름 아닌 의료기를 판매하는 곳이었다.

시끄러운 음악 소리에 한껏 들뜬 분위기였다. 시골 어르신들이 다 모인 듯 실내에 빈틈이 없었다. 줄지어 앉은 어르신들이 노랫가락에 맞춰 손뼉을 치고 있었다. 멀리서 낯익은 모습이 보였다. 살그머니 다가가 엄마를 안았다. 허한 마음을 헤아려

주지 못한 것 같아 죄송하기만 했다. 엄마는 어떻게 알고 왔느냐며 놀란 표정을 지었다. 재미있느냐고 물었더니 눈만 뜨면 하루가 지루했는데 여기 오면 친절하게 대해 준다며 엄마의 모습이 몰라보게 밝아졌다. 돌아오는 길에 발길이 떨어지지 않았다.

빈 둥지에 마음 둘 데가 없었을 것이다. 외로운 시간을 보냈을 엄마를 제대로 챙기지 못한 내가 밉기만 했다. 일주일이 지나자 엄마가 전화했다. 시간이 지나니 본색을 드러내더라고 했다. 몇 백만 원짜리 침대를 권하고 하루라도 물건을 사주지 않으면 철저히 외면하고 소외시킨다고 했다. 마음이 허해서 잠시 정신을 놓았던 것 같다며 전화를 끊었다. 물건을 파는 그가 잠시나마 엄마에게 위로가 되어주었으니 나보다 낫다는 생각이 들었다.

어느새 나도 엄마처럼 혼자 있는 시간이 많아졌다. 가끔은 시간이 멈춰버린 듯 하루가 느리게 갈 때도 있다. 시간은 상대적인 것일까. 아이들 키울 때 그렇게 잘 가던 시간이 지금은 정지되어 있는 듯하다. 이런 시간이 내겐 어색하기만 하다. 밤늦게 아이들이 돌아왔다. 허허로웠던 거실에 온기가 돈다. 아이들도 언젠가는 둥지를 떠날 것이다. 그때쯤 나도 빈집에서 외로움을 친구삼아 살아가게 될 것이다.

잉여의 시간에 대해 한 번쯤 생각해 봐야 할 것 같다. 가족이 평생을 나와 함께하지는 못할 것이다. 자식이 장성해 집을 떠나게 되어도 자신의 생활이 있어야 할 터이다. 무엇을 해야 내가 행복한지 진지하게 고민해야 할 것이다. 삶의 중앙에 나를 두고서 잉여의 시간을 알차게 보낼 수 있도록 지금부터 조금씩 준비해야 할 것 같다.

밥

혼자 남았다. 식구들이 일터나 학교로 가고 나면 나는 온기 없는 집을 지킨다. 바쁠 것도 없는 일상이다. 느리게 흐르는 시간 속에서도 끼니때가 되면 밥을 먹는다. 국을 데우려고 켠 가스 불을 다시 끈다. 혼자 먹으려고 이것저것 챙기기가 귀찮아진다. 냉장고에 밑반찬 두어 가지 꺼내어 소박한 점심상을 차린다. 온기 없는 밥을 마주하니 엄마 생각이 난다.

뇌졸중이 재발했다. 몸 한쪽이 마비되어 엄마는 밥을 먹을 수가 없다. 식사 시간이 되면 간호사가 '환자용'이라 적힌 캔을

들고 온다. 캔에 든 액체를 코로 연결된 호스에 넣으면 바로
식도를 타고 내려간다. 씹을 수 없으니 포만감을 느끼지 못한다.
어느새 마른 몸은 금방이라도 쓰러질 것만 같다. 엄마는 말없이
서 있는 내게 밥 먹었느냐고 묻는다. 내가 살면서 여태껏 가장
자주 들은 말이다. 기억 끝자락에서도 놓치지 않는 밥 이야기는
자식을 지켜 주고 싶은 엄마의 마음인지 모른다. 밥은 엄마의
전부라고 해도 과언이 아니다. 내가 늦둥이로 태어나서인지
유독 나만 보면 밥 이야기를 많이 한다.

밥이 소중한지 모르고 살았다. 때가 되면 먹는 거라 여겼다.
밥을 먹는다는 행위가 거룩한 의식이었음을 새삼 깨닫는다.
다른 환자들이 밥 먹는 모습을 엄마가 부러운 듯 바라본다.
자식은 곁을 지켜줄 뿐 고통은 고스란히 엄마의 몫이다. 손을
잡고 손등을 문지른다. 평생 일만 한 거친 손이 내 손안에
쏙 들어온다. 금방 사그라질 듯 위태롭다. 추수가 끝나고 창고에
가득 거두어들인 곡식을 바라보며 엄마는 행복한 웃음을 지었
다. 자식들 배불리 먹이고 수업료가 되어줄 곡식들을 쓰다듬었
다. 덕분에 나는 한 번도 수업료를 늦게 내지 않았다. 가난과
배우지 못한 설움을 자식에게는 물려주고 싶지 않았으리라.

늦은 밤까지 이어진 가을걷이에도 엄마의 발걸음은 가벼워 보였다.

나는 연년생을 낳고 몸이 많이 약해졌다. 두 아이 건사하느라 자신을 챙길 여유가 없었다. 결혼하면 어른이 된다는 말이 무엇인지 어렴풋이 알게 되었다. 무엇이든 스스로 책임져야 한다는 중압감이 어깨를 짓눌렀다. 결혼 전에는 아침에 눈을 뜨면 밥상이 차려져 있고 집은 항상 정돈되어 있었다. 누군가의 수고로 내가 편안하게 살았을 터인데 그때는 고마움을 모르고 살았다. 바쁜 일상 속에서 부모님은 우선순위에서 자연스레 밀려났다. 제대로 효도 한번 해 본 적이 없는 것 같다. 자식이 철들면 부모는 이미 이 세상 사람이 아니라고 하던 말이 나에게도 예외는 아니었다. 그사이 아버지가 세상을 떠났다. 뒤늦은 후회는 홀로 남은 외짝 신발처럼 소용없었다.

발걸음을 옮긴다. 마음이 복잡할 때면 절에 가서 위로를 받곤 한다. 자식을 위해 걸어갔을 그 절을 처음으로 엄마를 위해 찾아간다. 엄마를 위해 기도한 적이 있었던가. 매번 내 일이 먼저였다. 나는 깊이 고개 숙여 기도를 올린다. 알 수 없는 회한이 밀려든다. 부처님께 그동안 소원했던 것을 용서

빌고 나의 욕심을 늘어놓는다. 부처님이 잔잔한 미소로 나를 내려다본다. 있을 때 잘하라고 하는 것 같다. 일상이 편안하면 그 가치를 알지 못하는 모양이다. 왜 잃어 봐야 소중함을 알게 되는지 모르겠다. 크고 작은 일을 겪으면서 잔잔한 일상이 소중하게 다가온다. 소슬한 바람이 옷깃을 스친다.

엄마는 젊었을 때부터 위가 약해 음식을 잘 먹지 못했다. 그래서 누워 있는 날이 많았다. 하루하루 불안했다. 밤이 되면 내일은 아무 일 없기를 두 손을 모으며 잠자리에 들었다. 새벽에 부엌에서 달그락거리는 소리가 들리면 안도의 숨을 내쉬기도 했다. 엄마는 아픈 몸으로 한 번도 식사 준비를 거른 적이 없었다. 밥을 차려주고 다시 누워도 엄마의 밥 짓기는 계속되었다. 그 밥심으로 지금 내가 존재하고 있는 것일 게다. 기도 덕분인지 엄마가 밥을 먹기 시작했다. 꼭 넉 달 만이다. 따뜻한 밥을 앞에 두고 식사하는 모습이 의식을 치르는 사람처럼 경건해 보인다. 따뜻한 국에 밥을 말아 맛있게 먹는다. 밥 한 톨 남기지 않고 다 먹은 엄마는 눈빛이 맑아졌다.

밥심으로 여섯 달을 더 살다 엄마는 돌아오지 못할 길을 떠났다. 형제간 우애를 강조하던 엄마는 새벽에 아버지 곁으로 갔다. 보고 싶어 하던 아버지를 만났을까. 그 사이 식어버린 밥그릇을 멀거니 바라본다. 이제 내게 밥 먹으라는 말은 누구한테 들을 수 있을지 그 말이 그리워질지도 모르겠다.

깨와 참기름

깨를 수확하러 갔다. 시골에서 나고 자랐지만, 밭일은 모르고 컸다. 어머님은 며느리가 시골에서 자라 일을 잘할 것이라고 믿고 있었다. 깨를 베고 묶어서 날랐다. 시간은 더디 흐르고 어머님은 해가 지는 줄도 모르는 것 같았다. 어둠이 드리워질 무렵 우리 집에 올 수 있었다. 도착하고 긴장을 풀어서인지 온몸에 열이 났다. 입덧이 심해 며칠 먹지도 못한 데다 해 종일 땡볕 아래 있었더니 사달이 나고 말았다. 철없던 남편은 앞뒤 설명도 없이 앞으로 일은 내가 할 테니 며느리한테 시키지 말라고 어머님께 말씀드렸다. 남편이 뱉은 말을 주워담을 수도 없고 난감했다.

그 일이 있고 난 뒤 어머님이 나와 거리를 둔다는 생각이 들었다. 자식 키워 장가보냈더니 마누라 역성만 드는 아들의 처사가 섭섭하였는지 나를 멀리하는 것 같았다. 몇 번 밭일을 시켜 보더니 마실 물심부름만 하란다. 매주 시댁에 갔다. 깻단은 잘 말라서 입이 벌어져 있었다. 어머님은 비닐을 깔고 깨를 털었다. 두드릴 때마다 깨가 와르르 쏟아졌다. 알맹이가 단단하기는 한데 향이 없는 것이 꼭 나를 닮은 것 같다. 어머님은 묵묵히 일만 하시고 내가 거들려고 하면 말리셨다.

시댁에 갈 때마다 마음을 어디에 둬야 할지 몰라 힘들었다. 어떤 날은 시댁 가기 전날 편두통에 시달렸다. 결혼해서 또 다른 부모가 생긴다는 것이 당연한데 그때는 받아들이기가 쉽지 않았던 것 같다. 매주 내려갈 때는 반기는 기색이 없더니 두 주 만에 내려갔더니 반갑게 맞아주었다. 어머님은 오 남매 키우느라 일만 하셨다. 장성하여 대처로 떠난 자식들에게 고춧가루, 된장, 김치 모두 당신 손으로 장만해 두었다가 때가 되면 가져가라고 하신다.

젊었을 때는 고마움을 모르고 살았다. 사 먹으면 된다고 생각한 적도 있었다. 시중에는 중국산 천지라고 당신이 직접 키운 것만 고집하신다. 수확해 두었던 깨를 짜서 참기름을 챙겨주신다. 땀이 배어 있음을 알기에 선뜻 받아오기가 송구스럽다. 어머님을 모시고 병원에 다니면서 거리가 조금씩 좁혀졌다. 승용차 뒷좌석에 나란히 앉아 어머님 손을 바라본다. 갈퀴 같은 손이 얌전히 포개져 있다. 살며시 어머님의 손을 내 손에 포갠다.

"쭈그러진 손 뭐 볼 게 있노?"

평생 일이 아니면 안 되는 줄 알고 사셨단다. 살아온 이야기를 덤덤히 풀어내신다. 어머님은 육 남매 중 넷째 며느리로 시할머니를 모시고 사셨다. 동서들은 살기 바쁘다는 이유로 자연스레 어머님의 몫이 되었다. 결혼하고 몇 달 지나지 않아 아버님은 군대에 가셨다. 혼자 감당해야 했던 지난 시간을 더듬으며 어머님의 눈가가 촉촉해진다. 따뜻한 말 한마디 인색한 시할머니와의 동거는 녹록지 않았다고 한다. 한 가문의 며느리로 살아간다는 동질감이 팽팽하게 달리던 평행선에 유연함을 더했다.

아침 해가 밝으면 어머님은 노구를 이끌고 밭으로 향한다.

밭을 일구며 삶의 애환을 위로받았으리라. 밭은 어머님의 정원이다. 날마다 발걸음 해서 자식 돌보듯 가꾼다. 풀 한 포기 나는 것을 용납하지 않는다. 때가 되면 굵직한 고추가 달려있고 튼실하게 열매 맺은 토마토는 우리가 내려가면 달콤한 주스가 된다. 정원에는 늘 갖가지 채소로 풍성하다. 수확의 기쁨은 자식 키우는 재미와 같다며 해가 서산으로 넘어서야 집으로 돌아오신다.

어머님이 하루에도 몇 번씩 전화를 하신다. 이제 조금씩 다가서려 하는데 어머님은 나와 멀어지려는 것 같다. 병원에 갔더니 섬망증세라고 한다. 많은 관심과 배려가 필요하단다. 어머님도 사랑받고 싶었던 것이었을까? 평생 주기만 한 사랑을 당신도 누군가에게 받고 싶었는지 모른다. 고맙다고 참기름을 검정 비닐봉지에 넣어 칭칭 매어 주신다. 용돈을 드렸더니 손사래를 치신다. 내가 살아 있을 때 좋은 것 먹고 죽거들랑 힘들게 농사짓지 말고 편하게 사서 먹으란다.

깨가 고소한 참기름이 되기 위해서는 자신의 몸을 녹여야 하듯이 나도 며느리에서 시어머니가 되기 위한 과정에 있다. 시간은 힘이 센 것 같다. 풀리지 않을 것 같은 일도 시간이 지나면 아무 일도 아닌 것이 되듯이 조금씩 세월의 힘을 알아가고 있다. 참기름을 넣어 조물조물 나물을 무쳤다. 진한 참기름 향이 부엌에 가득하다. 오랜만에 만든 비빔밥에 아이들 손이 분주하다. 어머님의 미소가 내 머리를 스친다.

끈

겨울이 다가오면 주부에게 가장 큰 숙제가 김장일 것이다.
김장해서 냉장고에 넣어두면 부자가 된 느낌이 든다. 하지만
올해는 수술한 다리가 아물지 못해 차일피일 미루고 있다.
서랍을 정리하다 보니 오래된 편지가 눈에 들어온다.

사랑하는 미정아!
모든 일에 최선을 다하는 네가 있어 이 응아 늘 고맙고 대견하게
생각한다. 애들 잘 키우고 신랑 뒷바라지 잘하고 예쁘게 사는 모습이
참 보기 좋다. 어제 엄마네 가서 김장했다. 마지막 김장 김치가

되지 싶다. 엄마가 너무 힘들어서 내년에는 배추 딱 열 포기만 심는다고 다짐을 했다. 지웅이네와 우리도 이젠 각자 김장하기로 하고 엄마의 깊어진 주름과 더 길어진 인중을 바라보며 경건하게 맹세를 했단다. 그래도 병들고 늙은 부모님이 살아 있음에 행복하다는 것을 새삼 느꼈단다. 나이 오십이 목구멍에 차니 나도 인제사 인간이 쪼매 될라쿤다. 쪼매 짜더라 그래도 꿀맛처럼 먹어라 알재? 옴마 아부지표 사랑 김치라는 것.

추운데 잘 지내고 제부한테 안부 전해 줘.

만날 때까지 안녕.

벌써 몇 년이 지난 편지다. 친정에서 김장한다는 얘기를 들었는데 가지 못했다. 마음에 쓰였던지 언니가 김장김치를 택배로 보내주었다. 고마운 마음에 상자를 열었다. 맛있는 냄새가 나의 모든 감각기관을 열어젖혔다. 엄마 냄새가 나는 것 같았다. 하얀 쪽지에 마음을 전하는 글이 적혀 있었다. 읽고 차마 버리지 못하고 책상에 넣어둔 것이었다.

그때는 엄마, 아버지 모두 살아 계실 때다. 시간을 되돌릴 수 있다면 얼마나 좋을까. 하지만 시간은 역주행하지 않는다.

이젠 두 분 모두 다른 세상 사람이 되었다. 명절에 복닥거리던 친정집은 자물쇠로 굳게 닫혀 있다. 고향을 잃어버린 느낌이 이럴까. 허한 마음 달랠길 없어 언니한테 하소연을 늘어놓는다. 부모 잃은 슬픔의 무게가 다르지 않을 터인데 내 슬픔이 제일 큰 양 주저리 늘어놓는다.

언니와 나는 큰 소리 한 번 없이 유년 시절을 보냈다. 아홉 살 많은 언니는 바쁜 부모님 대신 그림자처럼 나를 돌봐 주었다. 초등학교 입학하는 동생을 위해 사다 준 가방은 나를 설레게 했다. 가방을 메고 서성거린 기억이 실루엣처럼 남아있다. 학교 뒤편에 오솔길이 있었다. 우리는 그 길을 따라 등교했다. 추운 겨울날 언니는 그냥 지나치는 법이 없었다. 용돈을 챙겨주며 학교로 들여보냈다. 어렵게 받은 용돈을 자신보다 동생을 위해 썼다. 동생의 배고픔을 먼저 생각하는 언니의 마음을 어미가 되어서야 조금 알게 되었다.

결혼하고 집을 사면서 언니와 한동네에 살게 되었다. 결혼 전에도 언니 집에서 신세를 졌는데 결혼하고도 언니의 그늘을 벗어나지 못했다. 연년생을 낳은 동생을 위해 언니는 항상 바빴다. 아이 둘 산바라지에 밑반찬까지 신경 쓰면서 싫은 내색 한 번 없었다. 동생이 아니라 딸처럼 챙겼다. 나에겐 언니가 튼튼한 끈이었을지 몰라도 언니는 힘들었을 거라는 생각이 이제야 든다. 받기만 한 동생이었다. 어려서부터 살갑게 챙겨준 언니에게 고맙다는 말은 자주 하지 못했다.

다리 수술을 할 때도 내 일처럼 걱정해 준 사람이 아니던가. 올 김장은 어떻게 할 거냐고 해서 사서 먹겠다고 했다. 신경이 쓰였던지 내가 해줄 테니 무리하지 말라고 했다. 묵은지까지 덤으로 주었다. 염치없이 언니한테 또 신세를 졌다. 살면서 조금씩 갚아야 할 것이다. 언니도 예전의 젊은 언니가 아니다. 이젠 내가 언니한테 튼튼한 끈이 되어주고 싶다. 받기만 한 사랑 제대로 돌려줘야 하는데 늘 마음뿐이다. 언니가 해준 김치를 밥 위에 얹어 먹는다. 짜지도 않고 아삭한 김치 맛에 밥이 절로 넘어간다. 그동안 허했던 마음이 채워지는 것 같다.

제4부
아들의 축제

선택

봄이 오는 소리

문

책을 나누다

아들의 축제

하얀색이 물들다

보기에 따라

분갈이

등급 매기는 사회

이청득심

주머니 없는 옷

소라 껍데기

선택

그녀가 떨고 있다. 뜻밖의 해고 통보에 흐르는 눈물을 주체하지 못한다. 근로자에게 해고는 사형선고나 마찬가지다. 그녀에게 아무 말도 해 줄 수 없는 나 자신이 무력하게 느껴진다. 나는 이 년 전부터 시간제 일을 하고 있다. 하루 네 시간 근무하고 일 년마다 재계약하는 비정규직이다. 연말이 되면 내년에 있을 계약이 신경 쓰인다. 내 목숨 줄을 갑이 쥐고 있다.

계약서는 갑이 적어 주는 대로 을이 사인한다. 법망을 교묘히 피해 계약서의 문구를 작성한다. 해석이 필요할 때면 갑이 유리하게 해석되는 경우가 허다하다. 쉽게 말하면 코에 걸면 코걸이요, 귀에 걸면 귀걸이가 되는 진풍경이 펼쳐진다. 재계약이 안 되면 다른 일을 찾아야 하기에 갑의 눈치를 본다. 출근 시간 전이라도 나와 달라고 하면 내년에 있을 재계약에 저금하는 마음으로 기꺼이 출근한다. 하지만 저금해 두었다는 생각은 김칫국부터 마신 꼴이 되는 경우가 많다. 계약은 계약일 뿐 오리발을 내미는 순간 모든 것이 수포로 돌아간다.

재계약이 신경 쓰였던 그녀는 사무실에 떡을 돌렸다. 그냥 해왔다고 하는데 누가 봐도 잘 봐 달라는 마음이 묻어 있다. 불안하고 초조한 모습이 역력하다. 아무리 열심히 일해도 갑의 마음에 따라 재계약에서 탈락하는 일은 비일비재하다. 계약서에 사인할 때까지 기다리는 사람은 살얼음을 걷는 기분이다. 많은 것을 생각하게 하는 시간이다. 선택될지 안 될지 뚜껑을 열어보지 않으면 아무도 모른다. 누군가에게 일자리는 따뜻한 밥이 되고 아프면 병원에 갈 수 있는 유일한 통로가 된다.

연말이 다가오면 진열장에 전시된 물건과 내 처지가 다를 바가 없다는 생각이 든다. 예쁘게 단장하고 누군가에 선택되기를 기다리는 인형과 내 처지가 같다는 생각이 들어 깊은 나락으로 떨어진다. 내 근무시간을 줄이면서 보수도 살짝 깎는 것으로 결론이 났다. 이 년 동안의 경험으로 보면 근무시간이 줄어든다고 일이 줄어들지 않았다. 시대를 역행하는 발상이 오히려 놀라울 따름이다.

비정규직은 이 년이 지나면 무기계약으로 전환해 주어야 한다. 무기계약이 되면 여러 가지 복지혜택과 퇴직금을 챙겨주어야 한다. 새로운 사람을 채용하면 신경 쓸 필요 없이 일만 시킬 수 있어 갑은 오히려 편하게 생각한다. 한솥밥을 먹는 직원이라기보다 소모품처럼 전락하는 것이 현실이다. 이 년이 지나면 임대 기간이 끝난 물건처럼 선택받지 못하고 다른 사람에게 그 자리를 내어준다.

내게 재계약할 의사도 묻지 않고 일이 진행되었다. 비정규직이니 재계약이라도 해주면 감사하라는 뜻인지 내 의사는 중요치 않아 보였다. 재계약할 의사가 없으니 다른 사람을 채용하라고 했다. 시대를 역행하는 현장에서 눈뜬장님은 되고 싶지 않았다. 대선 공약에서도 공공부문부터 비정규직을 정규직으로 전환한다고 발표했는데 현장에서는 해고 통보가 난무하고 있다. 언제 공약을 실현할 것인지 요원하기만 하다.

얼마 전 읽은 『아프니까 청춘이다』에서 달걀 이야기가 떠오른다. 달걀이 남의 손에 맡겨지면 요릿감이 되지만 스스로 깨어나면 생명을 얻는다는 구절이 가슴에 와 닿았다. 요릿감이 되기 전에 나 스스로 선택할 수 있는 입장에 서는 것이 중요한 것 같다. 우물쭈물하다간 요릿감이 되기에 십상이지만 한 걸음 나아가면 내 목숨 줄을 타인에게 맡기는 어리석은 일은 일어나지 않을 것이다.

답답한 마음을 안고 남천을 걷는다. 오랜만에 찾아온 포근한 날씨 덕에 남천은 활기가 넘친다. 움츠러들었던 가슴을 펴고 힘차게 발걸음을 내딛는다. 붉은 옷을 입고 드러누운 우레탄이 무거운 발걸음을 가볍게 도와준다. 푸른 하늘이 말갛게 내려 보고 있다. '세상은 넓으니 먼 곳을 봐'라고 속삭인다.

시간제 일을 하면서 많은 것을 배웠다. 인간관계에서 오는 미묘한 감정에서부터 강자가 약자에게 행해지는 모습을 보며 어떻게 살아야 할지 생각하게 되었다. 다른 세상을 경험하고 나를 되돌아보는 소중한 시간이었다. 인간은 태어날 때부터 외로움을 안고 태어난다고 한다. 존재의 외로움을 잊기 위해 인간관계에 더 집착하는지 모를 일이다. 그것이 위안이 되기도 하지만 때로는 등을 후벼 파기도 한다.

그녀는 아픔을 이겨내고 새로운 일자리를 찾아 떠났다. 여전히 일 년 계약직이다. 그녀는 힘든 상황이지만 제대로 된 일을 하고 싶다며 공부를 시작했다. 훌훌 털고 제자리를 찾은 그녀 모습이 당당해 보인다. 빈 그릇은 다른 무언가로 채워지기 마련이다. 무엇으로 채울지는 내가 선택하기에 달렸다. 요릿감이 될지 아니면 생명으로 거듭날지 그것 또한 나의 몫이다.

봄이 오는 소리

    나른한 오후 커피 한 잔을 준비해 베란다로 나간다. 이 집으로 이사하고 누리는 호사가 한둘이 아니다. 남천에 흐르는 물결이 잔잔하다. 깔끔하게 잘 정비된 강변은 산책하기에 안성맞춤이다. 고개 숙인 아낙네들이 보인다. 뭔가를 캐고 있는 것 같다. 아침에 쑥국을 먹고 싶다던 남편의 말이 떠올라 남천으로 걸음을 옮긴다.

    어제 내린 비로 쑥이 성큼 자라 있다. 파르스름한 빛깔이 생기가 넘친다. 저녁에 먹을 만큼만 캐야겠다. 옆에 있던 아주머니가 이거 생으로 먹어도 되느냐고 묻는다. 이름을 모르니 내 눈에 풀로 보였다. 가까이 있지만, 관심이 없어 알지 못했다.

바닥까지 내려간 아이의 성적표를 보고 나는 입을 다물고 말았다. 사춘기라 행동도 거칠고 아이는 내 인생이라고 입에 달고 다녔다. 녀석도 예상치 못한 결과에 어깨가 처져 있다. 부모 역할을 다하지 못한 것 같아 속이 상했다. 좀 더 나은 환경을 만들어 주고 우월한 유전자를 물려주었으면 아이가 덜 힘들어할까. 생각은 꼬리에 꼬리를 물었다.

아이가 마음을 추슬렀는지 한 번만 더 믿어 달라고 한다. 힘없는 목소리가 내 마음을 짓눌렀지만 바라볼 수밖에 없었다. 쑥을 캐니 노래가 절로 나왔다. 내 안에 이런 흥이 일어나다니. 늘 무미건조한 사람이 아니었던가. 뜨겁지도 차갑지도 못했다. 미지근한 내게 감성은 아주 작은 것에서 찾아왔다. 산책하러 나온 사람들이 들을까 봐 콧소리로 흥얼거렸다. 내 등에 내린 햇살이 살아 있음을 느끼게 했다.

어떻게 끓이면 맛있는 국이 될까 그 생각뿐이다. 유난히 봄을 타는 그이의 입맛을 돋우어 주고 싶다. 지나가는 이가 쑥이 많은 곳을 가리켜 준다. 그 길을 따라가니 쑥이 지천이다. 겨우내 얼었던 대지를 박차고 몸을 내민 모습이 기특하다.

봄나물은 한약 한 재 먹는 것보다는 낫다고 한다. 양의 기운을 듬뿍 받아 영양이 풍부할 것이다.

아이가 결심이라도 한 듯 학원에 보내달라고 한다. 나는 흔쾌히 지원하기로 했다. 실타래를 하나씩 풀어가듯 스스로 주문을 하고 진로에 대해 생각하는 모습이 진지해 보인다. 옆에서 해 줄 수 있는 것은 별로 없었다. 곁을 내어줄 뿐 어떤 말도 너무 가벼워 침묵하는 날이 많았다. 오래 방황하지 않고 제자리로 돌아온 아이가 고맙다.

쑥이 자란 모습이 흥미롭다. 평지에 자란 쑥은 키가 작았다. 불어오는 바람의 저항을 적게 받기 위해 땅을 가까이한다. 생존의 방법을 몸으로 체득한 것일까. 애써 몸을 낮추어 자신의 영역을 지켰다. 하지만 돌부리 옆을 비집고 자란 쑥은 뿌리까지 튼튼하게 자라 있었다. 돌이 바람을 막아 주어 몸집이 통통한 쑥이 되었다. 환경에 적응하는 쑥을 보니 세상을 조금씩 알아 가고 있는 아이와 겹친다.

쑥국을 끓였다. 냉기가 돌던 집안에 온기가 퍼진다. 콘크리트 철 구조물 아파트가 음식 냄새로 비로소 집이 된다. 남편은 국 한 그릇을 비우며 빙그레 웃는다. 엘리베이터 앞까지 봄

냄새가 나더란다. 지천으로 핀 쑥도 따뜻한 국이 되어 봄을 전한다. 추운 겨울이 지나면 따뜻한 봄이 오는 자연의 순리를 아이는 언제쯤 알게 될까. 조금 느리더라도 하나씩 채워 나가기를, 화려하지 않아도 쑥처럼 은은한 향기 나는 사람이기를, 강자보다 약자의 편에 서기를 기도한다.

문

현관문이 잠겼다. 차단되었다는 말만 메아리가 되어 돌아온다. 서비스센터에 전화했더니 도착하려면 두 시간이 걸린다고 한다. 디지털 자물쇠는 열쇠를 가지고 다니는 불편을 덜어주었다. 하지만 고장 난 자물쇠는 쇳덩어리에 지나지 않았다. 한번 더 비밀번호를 눌러 보았지만 되돌아오는 답은 차가운 기계음뿐이다. 현관문은 집과 바깥을 이어주는 공간이다. 기능을 멈추어 버리자 내 집을 마음대로 드나들 수 없게 되었다.

고장 난 문이 아들과 내 모습 같다. 대화가 되는 엄마인 줄 알았다. 아이가 사춘기를 겪으면서 나와 보이지 않는 틈이 생겼다. 다가서려고 하면 더 멀어졌다. 식탁에서 살가운 이야기는 사라진 지 오래다. 어쩌다 하는 이야기도 내 바람과는 달리 게임 이야기로 채워진다. 한 공간에 있어도 보이지 않는 벽이 가로막혀 있는 것 같다.

사이버 세상에 흥미를 느끼는 아이는 그 유혹을 쉽게 떨치지 못했다. 컴퓨터 앞에 몇 시간을 앉아 있어도 지루하지 않은 모양이다. 아이가 중학생이 되면서 내가 해 줄 수 있는 부분이 줄어들었다. 그 틈을 메우겠다며 남편이 나섰다. 게임에 빠진 아이에게 고운 말을 할 리가 만무하다. 그럴수록 대화는 일상적인 몇 마디로 그쳤다. 아이가 컴퓨터에 빠져 세상과 단절되어 가는 것은 아닌지 마음을 졸였다. 운동은 안 하느냐고 물으면 땀이 나서 하기 싫단다.

어스름 저녁에 한두 집 불이 켜진다. 집은 일상의 노곤함을 풀어내고 또 다른 하루를 시작하기 위해 쉬는 곳이다. 지금 우리 아이에게 집이 어떤 곳인지 궁금하다. 컴퓨터에 빠진 모습을 볼 때마다 내 마음은 늦가을 낙엽이 되고 만다. 아이에게 어떻게 다가갈 수 있을지 그 생각뿐이다. 바쁜 일상으로 가족이 함께하는 시간이 줄어들었다.

내가 성장기를 보낼 때 넓은 들판과 산은 우리들의 공간이었다. 놀이는 만들어서 했다. 재밌는 놀이는 해가 서산으로 넘어서야 끝이 났다. 그 경험은 자립심을 길러주었다. 요즘은 놀이문화가 많이 달라졌다. 골목 문화가 사라지고 청소년들이 갈 데가 별로 없다. 아이들도 힘들겠다는 생각이 든다. 부모가 되려니 갈 길은 멀고 군데군데 박힌 가시를 걷어내야 한다.

서비스센터 직원이 도착했다. 이리저리 살피더니 큰 드릴로 몸체를 분리했다. 바닥에 몸을 누인 자물쇠는 직원의 손에 의해 비닐 속으로 모습을 감추었다. 반짝이는 새 자물쇠로 바뀌었다. 비밀번호를 누르니 '문이 열렸습니다.' 경쾌한 기계음이 나를 반긴다. 두 시간 동안 닫혔던 문이 열린다. 하루하루 별일 없이 살아간다는 것이 얼마나 다행스러운 일인지 느끼게 된다. 현관문이 열리자 창문 사이로 불어오는 바람이 상큼하다.

네 식구가 오랜만에 길을 나섰다. 맛있는 음식을 먹고 한방에서 잠을 잤다. 낯선 곳에서 아이가 이야기를 조금씩 풀어놓는다. 저한테 기대는 하지 말라고 한다. 열심히 하겠지만 큰 기대는 실망만 클 것 같아 염려된단다. 아이가 그 말을 하기까지 오랜 시간이 걸렸다. 공부가 마음대로 되지 않아 의기소침해 있었던 모양이다. 그래서 가상공간에 더 빠져 있었는지 모른다. 아이는 좋은 아들이 되고 싶은데 마음대로 되지 않는단다. 막혔던 물줄기가 제 길을 찾은 것 같다.

아이의 속내를 듣고 보니 내가 무심코 던진 말이 떠오른다. 주로 학업에 관한 이야기를 하였으니 아이는 숨이 막혔을 것이다. 아이의 마음도 이해하지 못하면서 사랑한다고 했다. 아이가 원하는 사랑 대신 내 방식대로였다. 지켜봐 주길 바랐을 텐데 기다려 주지 못하고 조바심을 냈다. 아이의 마음에 무거운 돌 하나를 얹어 주고 말았다. 익숙한 공간에서 내 시야는 좁았다. 소통의 부재를 아이의 사춘기 때문이라 여겼다. 그 사이 아이는 힘들었을 터인데 알아채지 못했다.

파도가 출렁인다. 높이 비상하는 새를 보며 옆에 있는 아이를 바라본다. 비릿한 바다를 몸으로 느끼는지 아이가 새처럼 날아오르는 시늉을 한다. 아이에게 멋진 모습만을 기대했는지 모른다. 부족한 것을 조금씩 채워가는 과정을 인정하지 않은 채 결과만을 이야기했다. 날아가는 새처럼 아이가 자유롭기를 바라며 나도 덩달아 날갯짓을 해본다.

책을 나누다

중고 책을 교환, 고가 매입한다는 문자가 왔다. 아이들이 초등학생 때 읽던 책이 생각났다. 책장을 정리했더니 많은 책이 쏟아진다. 동화책, 역사책, 학습백과 등 쌓아 놓으니 방 한자리를 차지한다. 구매할 때마다 사연 없는 책이 없다. 한푼 두푼 알뜰하게 모아 적금을 타서 사들인 것도 있고 고가라 인터넷으로 저렴하게 구매한 책도 있다.

아이들에게 책을 나누어도 좋겠냐고 물었더니 흔쾌히 그러라고 한다. 처음에는 책이 많아 고물상에게 넘길까도 생각했다. 하지만 어린 시절 책이 귀했던 것을 생각하니 주인을 제대로 찾아 주어야겠다는 생각이 들었다. 초등학교 다닐 때 책이 귀해 읽을거리가 풍부하지 못했다. 학교에서 필독서로 정한 책을 사라고 하면 한 권씩 사서 친구들과 돌려가면서 읽었다. 읽었던 책을 읽고 또 읽었다. 책 속의 세상은 현실과 달랐다. 상상의 즐거움은 책이 주는 선물이었다.

공부할 때 꼭 필요한 것이 전과였다. 학원이 흔치 않은 시절이라 공부하다가 모르는 것이 있으면 전과가 해결해 주었다. 그때는 선배가 쓰던 전과를 물려받아 공부했다. 공부 잘하는 선배에게 전과를 달라고 했더니 언제든지 와서 가져가라고 했다. 신학기가 되기 전 선배를 찾아갔다. 전과를 나에게 주겠다고 약속해 놓았기에 찾아가는 발걸음이 가벼웠다. 그런데 선배가 내 친구에게 전과를 줬다는 것이었다. 나와 이야기가 된 줄 알고 줬다는 말에 다리에 힘이 풀렸다. 분명 선배가 나에게 주기로 한 것을 그 친구도 알고 있었는데 중간에 가로채 간 것이다.

집으로 돌아와서 억울한 생각에 눈물이 났다. 엄마는 왜 우느냐고 물었다. 나는 아무것도 아니라며 이불을 뒤집어쓰고 사라진 전과를 생각했다. 내 친구의 행동이 이해되지 않아

울다 잠이 들었다. 밥 먹으라는 말이 얼핏 들렸다. 자리를 털고 일어났는데 낮에 있었던 일이 꿈 같이 느껴졌다. 입맛이 없어 몇 술 뜨다 숟가락을 내려놓았다. 엄마가 무슨 일이냐고 물었다. 꾹 눌렀던 감정이 또 한 번 솟구쳐 올랐다. 낮에 있었던 일을 털어놓았다. 전과를 달라고 했으면 그 자리에서 받아 와야지 엄마는 나를 헛똑똑이라고 했다. 그러면서 새 전과를 사다 줄 터이니 그 일은 잊으라고 했다.

엄마는 헐렁한 내가 좀 야무졌으면 하는 눈치였다. 신학기가 되고 시험을 보았다. 나는 누구보다도 그 친구만은 이기고 싶었다. 잠을 자지 않고 공부했다. 엄마는 하던 대로 하라며 자라고 했다. 친구한테 받은 상처를 공부를 잘해서 되갚아 주고 싶었다. 전과를 가져간 친구는 생각만큼 성적이 오르지 않았다. 성적표를 받고 제일 먼저 엄마한테 보여주었다. 새로 사준 전과에 대한 고마운 마음을 표현하고 싶었다. 어린 시절 전과 이야기는 그렇게 막을 내렸다. 그 일이 있고부터 나는 책을 아끼는 마음이 더 생겼다.

얼마 전 수필 동호회에서 책을 발간했다. 지인들에게 책을 나누어 주었다. 책을 주면 반응도 다양하다. 빈말이라도 한번 읽어 보겠다는 사람이 있는가 하면 책에 눈길 한 번 주지 않고 핸드백에 넣어 버리는 사람도 있다. 그럴 때면 나 자신이 그런 대접을 받는 것처럼 몸이 오싹거린다. 간혹 잘 읽었노라고 한마디 해 주면 그렇게 힘이 될 수가 없다. 진정한 글쟁이가 되어야겠다는 생각을 하게 된다. 글을 읽었을 때 시간이 아깝다는 생각이 들지 않도록 말이다.

방에 자리 잡은 책들을 어떻게 할 것인지 며칠을 생각했다. 자주 들리는 시립도서관에 기증하는 것이 좋을 것 같았다. 시립도서관에 전화를 걸었더니 장소가 협소해서 신간 놓을 자리도 없다고 한다. 지하철이나 버스를 타면 책 보는 사람을 찾아보기란 쉽지 않다. 그런데 한쪽에서는 책이 넘쳐나고 있다니 쓴웃음이 난다. 고민하던 중 지역 아동센터가 떠올랐다. 봉사 활동으로 독서논술을 가르쳤다. 일주일에 한 번 씩 아이들을 만나면서 읽을거리가 변변찮음을 느꼈다.

전화를 걸었다. 아동센터에서 읽을거리가 없었다며 반색한다. 직원들이 단숨에 우리 집으로 달려왔다. 책을 보고 깨끗하다고 흡족해한다. 고맙다는 말을 몇 번이나 하고서 책을 가져간다. 시립도서관에서 퇴짜 받은 책이 좋은 주인을 만난 것 같다.

우리 아이들이 책을 읽으며 행복했듯이 누군가 책을 읽고 꿈꾸기를 바란다. 어린 시절 책으로 상처받은 아이가 웃고 있다.

아들의 축제

무대가 밝아졌다. 가발을 쓰고 속곳 바지를 입은 녀석과 원피스를 입은 녀석이 뛰어나왔다. 이내 나미의 '빙글빙글'을 불렀다. 학부모 자리에 앉아 있던 나는 일어섰다. 낯익은 얼굴을 보았기 때문이다. 작은 아이를 알아본 주위 엄마들이 일제히 환호했다. 둘은 종횡무진 무대를 누볐다. 친구라 호흡이 척척 맞다. 관객에게 박수를 유도하며 노래를 부른다. 가발을 쓴 녀석이 내 작은 아이다. 어려서부터 감정에 솔직하고 거침없었다. 호기심이 많아 나를 잠시도 가만두지 않은 아이였다.

분위기가 무르익어 갔다. 음 이탈은 자신감으로 묻혀버렸다.

눈가에 눈물이 흘렀다. 축제에 주인공이 되어 즐길 줄 아는 아이가 대견스러웠다. 내가 그렇게 못했기에 감흥이 더 크게 다가왔는지 모른다. 무대를 뛰어 내려왔다. 관객과 호흡하는 것은 어디서 배웠을까. 열정이 부러웠다. 때로는 그 열정이 다른 길로 빠져 힘들 때도 있었다. 연년생으로 태어난 아이들은 사춘기로 접어들면서 두 자아가 충돌했다. 배려해야 한다는 내 말은 허공에 흩어지기 일쑤였다. 하나라도 손해 보지 않으려는 작은아이와 형 대접하지 않는다는 큰아이 사이에 중용을 지키기란 쉽지 않았다. 큰소리를 내어보기도 하고 달래보기도 하지만 둘 사이 팽팽한 기운은 쉽게 사그라지지 않았다.

　노래가 마무리되자 엄마들이 기립박수를 쳤다. 늦은 시간까지 공부하면서 언제 시간을 내어 준비했는지. 축제를 보려고 늦게 도착한 남편도 흐뭇한 표정이다. 순간을 놓치고 싶지 않은지 가까이 다가가 스마트 폰을 연신 누른다. 아이 일이라면 일도 제쳐두고 오는 사람이다. 자식을 키우면서 힘들 때도 있지만 기쁨도 많이 주는구나 싶다. 내성적인 큰아이가 사회를 맡았다. 진행이 매끄럽지는 않았지만, 자신이 해보겠다고 손을 들었단다. 중학교에서 마지막 추억을 만들고 싶었다고 했다.

어리게만 생각하고 있었는데 어느새 아이의 마음도 자라고 있었다. 동생을 소개하면서 가문의 영광이라고 했다. 두 녀석이 축제에 온전히 하나가 되었다.

모임이나 행사가 있으면 나는 자리만 지키다 올 때가 많다. 한 발 빼고 있다가 집에 갈 생각부터 한다. 그러니 즐길 줄 모른다. 타고난 재능도 없거니와 남 앞에 나서서 뭔가 한다는 것이 여간 쑥스러운 일이 아니다. 제일 곤혹스러울 때는 노래를 부르라고 할 때다. 타고난 음치에게 노래를 부르라니 쥐구멍에라도 숨고 싶다. 아이들도 나를 닮아 노래를 잘 못한다. 단점을 드러내놓고 자신감으로 도전하는 모습이 나보다 낫다는 생각을 하였다.

작은아이의 열정은 아빠를 닮은 모양이다. 무대에서 내려온 아이가 가발도 벗지 않은 채 마지막 무대까지 지켜보았다. 내년에는 좀 더 완성도 높은 무대를 만들어야겠다며 아쉬움을 비쳤다. 충분히 잘했다고 했더니 아니란다. 작은 눈망울과 입술이 다부져 보인다. 최선이 뭔지 알아가는 것 같다. 큰아이도 별 탈 없이 사회를 보았다. 이번 경험이 살아가면서 자양분이 되어줄 것이다. 학생들의 재능은 다양했다. 팝송을 멋지게 소화

하는 친구도 있었고 기타 치는 모습은 프로 못지않았다. 어른들이 걱정하는 것보다 할 줄 아는 것이 많았고 뭔가를 보여줄 줄도 알았다. 교실이 아닌 무대에서 학생들의 얼굴은 빛이 났다.

축제를 통해 아이의 또 다른 모습을 발견하였다. 작은 아이는 많은 경험을 하고 싶다며 학교 행사에 빠짐없이 참석한다. 다른데 신경 쓰다 보니 학업에 소홀해졌다. 하지만 아이는 잘 노는 사람이 공부도 열심히 한다고 오히려 나를 위로한다. 여운을 뒤로한 채 집으로 향했다. 두 녀석이 어느새 어린 티를 벗어나 내 곁에 듬직하게 앉아있다. 집에서 바라보던 아이의 모습이 전부가 아니었다. 또래 속에서 비추어진 모습을 보니 걱정은 내려놓아도 될 것 같다. 작은아이가 '빙글빙글'을 작은 소리로 부르고 있다. 어느새 내린 어둠살이 어둡지만은 않다.

하얀색이 물들다

눈뜨기가 힘이 든다. 아이들이 방학이라 게으름을 피우고 싶지만 출근하는 남편을 위해 이불의 유혹을 뿌리친다. 일어나면 제일 먼저 하는 일은 세탁기를 돌리는 일이다. 집안일을 효율적으로 하다 보니 습관이 되었다. 수건을 삶아야겠기에 빨랫거리를 넣고 삶기 버튼을 누른다.

흐트러진 모습을 가다듬고 세수를 한다. 정신이 맑아진다. 쌀을 씻어 밥을 안치고 국거리를 준비한다. 따뜻한 밥 한 그릇이 하루를 시작하는 남편에게 힘이 되어 줄 것이다. 남편 출근시키고 나니 빨래가 끝났다는 신호음이 들린다. 신혼 초만 해도 세탁기가 빨래를 삶아 주리라는 생각은 하지 못하고 살았다. 가스 불에 물이 넘치도록 삶아야 빨래가 마무리되던 시절이었다. 격세지감이 이를 두고 하는 말일 것이다.

세탁기에 하얀 수건이 분홍색으로 변해 있다. 깜짝 놀라 수건을 뒤적여 보니 빨간색 수건이 밉살스럽게 얼굴을 내민다. 이럴 어쩐다. 난감하기 이를 데 없어 헛웃음이 나온다. 일단 끄집어내어 건조대로 가져간다. 다행히 색깔 있는 수건은 봐줄 만했으나 흰 수건은 본래의 색깔을 잃었다. 아이들한테 조그마한 실수에도 잔소리를 해댔다. 정신 바짝 차리고 살아야 한다며 나는 완벽한 척 떠들었다. 이렇게 헛똑똑인 내 모습을 아이들이 본다면 얼마나 속웃음 지을까.

빨래를 다시 하기로 했다. 분홍빛으로 물든 하얀 수건은 표백제에 담갔다가 다시 삶았다. 오래되어 너덜너덜한 수건은 이번 기회에 걸레로 쓰기로 했다. 나의 실수로 수건의 운명이 달라졌다. 다시 삶은 수건을 보면서 실수가 나쁜 것만은 아니라는 생각이 들었다. 실수를 통해 정리할 기회가 생기지 않았는가. 아이들의 작은 실수에도 잔소리로 덧칠한 나를 돌아본다.

작은 아이가 체험학습을 갔다가 휴대폰을 잃어버리고 왔다.

매사 칠칠치 못한 작은 아이를 꾸짖었다. 앞으로 휴대폰은 꿈도 꾸지 말라며 대리점에 가서 해지하는 극약 처방을 내렸다. 자신의 잘못을 인정하는 듯 나의 해결 방법에 토를 달지 않았다. 작은 아이가 나를 많이 닮았다. 어쩌면 나를 닮은 모습이 싫어서 더 나무랐는지 모른다.

나의 허물은 보지 못하면서 상대방은 완벽하기를 바랐다. 내 잘못은 쉬이 타협하면서 남의 잘못은 핏대를 세우며 질책했다. 아이들 성적이 내려가면 인생 운운하며 마치 공부를 못하면 인생이 끝나버리는 것처럼 말했다. 나도 학창 시절에 성적 때문에 힘들었는데 아이의 입장은 생각지 않고 부모가 아닌 학부모로 아이 앞에 서 있었다. 말대답은 하지 않지만, 야속하고 서운했을 것이다.

한 해가 저물어 간다. 하루도 채 남지 않은 시간이다. 나이가 들수록 좋은 기운으로 사람을 대하고 잘못을 감싸주는 사람이 되어야 하는데 늘 손가락은 타인을 향하고 있다. 설익은 내 모습이다. 내년은 말의 해다. 활동적이고 기운이 넘쳐나는 말처 럼 좋은 기운으로 충만해지고 싶다. 먼저 내 안의 묵은 찌꺼기부 터 걸러내야 할 것이다.

겨울 햇살에도 빨래가 잘 말랐다. 아침에 요란을 뒤로한 채 수건은 아무 일 없었다는 듯 건조대에 누워있다. 아이들도 제 그릇만큼 자라줄 것이다. 지켜봐 준다면 믿음에 어긋나지 않을 것이다. 믿는 만큼 아이는 자라준다지 않는가. 잔소리가 나올 때마다 하얀색이 물든 오늘 일을 생각해야 할 것이다. 마른 수건을 걷으며 서산으로 넘어가는 해를 바라본다. 한 해를 보내는 아쉬움을 뒤로하고 건조대를 접어 제자리에 둔다. 어느새 어둠이 내렸다. 내년에는 좀 더 마음의 평수를 넓히는 해가 되기를 소망하며 베란다 문을 조용히 닫는다.

보기에 따라

낙엽이 뒹군다. 사그락거리는 소리에 귀를 기울인다. 올해도 단풍 구경 한번 제대로 못 했다. 아파트 단지 내 단풍이 시선을 끈다. 낙엽을 보니 겨울이 머지않은 것 같다. 비질하는 경비 아저씨가 보인다. 오늘도 어제와 다름없이 비질하고 있다. 그에게는 낙엽이 더는 낭만이 아닌 듯하다. 며칠째 비질을 하는 모습이 힘들어 보인다. 다리가 불편한 그는 쓸어도 또 떨어지는 낙엽을 보며 한숨을 짓는다. 그에게 낙엽은 쓰레기일 뿐이다.

작은아이 담임선생님이 전화했다. 중3이라 진학상담을 위한 거였다. 작은아이 학교생활에 관하여 물었다. 선생님은 잠시

망설이듯 하더니 아이에게는 말하지 말라며 이야기를 시작했다. 상담했는데 엄마는 저보다 형을 더 좋아한단다. 성적이 올라도 자신의 기대만큼 칭찬을 안 해준다고 하소연을 했다고 한다. 그래서 담임선생님이 내게 칭찬을 아끼지 말라는 거였다. 순간 당황했다. 작은 아이가 그렇게 느꼈다니 어쩔 수 없이 칭찬에 인색한 엄마가 되어버렸다.

형제를 키우면서 중립을 지켜야 한다는 것이 나의 신조였는데 보기에 따라 달라질 수 있다는 것을 느꼈다. 사랑을 주는 사람과 받는 사람이 이렇게 다를 줄이야. 요즘 들어 까칠해진 작은아이의 모습에 당황스럽기는 했다. 어떻게든 내 마음을 전하고 싶었다. 말로 하면 감정 조절이 안 될 것 같아 편지를 쓰기로 했다. 하얀 종이 위에 아이 이름부터 써 보았다. 무슨 말부터 해야 할지 난감했는데 이름을 쓰고 나니 글이 절로 쓰였다. 어릴 때 모습이 떠오르면서 입가에 미소가 번진다. 지금은 성장통을 앓느라 동으로 가라 하면 서로 가는 녀석을 까칠하다고만 여겼다.

말로는 개방적인 엄마라고 외치면서 사실은 보수적이었나 보다. 백지를 다 채우고 펜을 내려놓았다. 한 공간에 있으면서 서로를 너무 모르고 있었구나 싶다. 좋은 엄마가 되고 싶었다. 내가 받은 사랑만큼은 아니더라도 세상을 살아가면서 누군가 곁에 있다는 것을 알게 해주고 싶었다. 그런 생각이 살면서 많은 힘이 되었기 때문이다. 그런데 세월이 흐르면 사랑의 방식도 바뀌어야 할까. 언젠가 아이가 적당한 거리를 두면서 저를 사랑해 달라고 했다. 나는 이해되지 않았다. 거리를 두면서 어떻게 사랑할 수 있는지. 아이가 원하는 사랑의 방식에 대해 고민해 봐야겠다.

아이가 집으로 돌아왔다. 늘 밝고 씩씩하다. 긍정적이기에 문제가 없을 거라는 내 생각이 잘못이었다. 왜 한 번이라도 아이의 속마음을 읽으려고 하지 않았는지 모르겠다. 밝은 아이의 뒷면에 자신만의 고민이 있었을 터인데 제대로 살피지 못했다. 살면서 다른 면을 바라본다는 것이 얼마나 중요한 일이던가. 내 눈에 보이는 것만 보는 오류를 범하고 말았다. 그래놓고 이해한다고 했으니 나야말로 보고 싶은 것만 보고만 꼴이다. 편지를 읽은 모양이다. 아이가 웃으며 제 방에서 나온다. 다가와 나를 안는다. 어느새 커버린 아이에게 내가 안긴다.

"엄마 사랑해요"

참으로 오랜만에 듣는 말이라 내 귀를 의심한다. 말보다 마음이 담긴 편지의 힘을 보았다. 내가 말을 많이 할 때 아이는 귀 기울이지 않았다. 그저 지나가는 잔소리로 여겼다. 진심이 담긴 편지에 아이는 더 감동받는 것 같다. 나의 마음을 조금은 읽었을까. 자신이 온전히 사랑받고 있다는 것을 느끼고 싶었던 것은 아닌지 모를 일이다.

　낙엽이 담긴 마대자루가 줄지어 서 있다. 자루의 배가 불룩하다. 그만큼 경비 아저씨는 몸을 부지런히 움직였을 터이다. 나무가 앙상해졌다. 앙상해진 나무가 늦가을에서 겨울을 재촉하는 듯하다. 긴 겨울이 지나면 싹을 틔우고 가을이 되면 붉은 단풍으로 나의 눈을 감동시킬 것이다. 하지만 누군가는 가을이 빨리 지나갔으면 하는 이도 있을 것이다. 세상은 보기에 따라 혹은 위치에 따라 너무나 다른 모습으로 다가온다.

분갈이

화분의 행색이 초라하다. 팔을 걷어붙이고 봄맞이 대청소를 한다. 수도꼭지를 틀어 베란다 구석에 쌓여있는 먼지를 털어낸다. 묵은 먼지가 배수관으로 흘러들어 간다. 많았던 화분이 아이들 등쌀에 하나씩 줄어들었다. 화분도 물을 머금고 금방 생기가 돈다. 터가 좁아 보이는 화분을 분갈이한다. 뿌리를 잘 내릴 수 있도록 정성을 쏟는다.

큰아이가 기숙사에 들어가겠다고 한다. 서운한 마음이 먼저 들었다. 학교도 가까운데 굳이 기숙사에 들어가는 이유를 물었다. 공부를 제대로 하려면 기숙사가 낫겠다는 말에 더는 반대하지 못했다. 내 걱정과는 달리 아이 얼굴에 기대와 설렘이 묻어있다. 기숙사에 들여보내고 돌아오는 길이 멀기만 하다. 방이 넓어 보인다. 형제가 쓰던 방을 작은 아이 혼자 쓰게 되었다. 매일 언성을 높이던 작은 아이도 기분이 처져있다.

큰아이가 외출을 나왔다. 얼굴이 편안해 보인다. 빨랫거리를 찾았더니 자신이 알아서 한단다. 제 방도 치우지 않던 녀석이 기숙사에 들어가 자립이 몸에 밴 듯하다. 낯선 곳에서 힘이 들었을 터이다. 자신이 선택한 것이기에 기꺼이 받아들이는지 모른다. 적응은 생존의 문제다. 그것을 아이는 조금씩 알아가고 있는 것이리라. 앞으로 많은 어려움이 있을 것이고 부딪히는 가운데 성장해 갈 것이다. 어미는 기다려주고 기도하는 일이 전부가 되었다.

분갈이했던 화분이 제법 튼실해져 있다. 짙은 초록의 잎들이 봄볕에 몸을 맡기고 있다. 아는 사람이 퇴직하고 농사를 짓는다. 그가 농사를 몇 해 지어 보더니 옮겨 심은 모종에서 수확을 더 많이 한다고 했다. 식물도 새로운 환경에 적응하기 위해 자생력을 발휘하는 모양이다. 분갈이한 식물이 흔들림 없이 잘 자라고 있다.

등급 매기는 사회

　기숙사에 있는 아이가 외출을 나왔다. 요즘은 밥을 먹어도 배가 고프단다. 그래서 먹을거리에 신경을 많이 쓰게 된다. 오랜만에 한우라도 구워줄까 해서 정육점에 들렀다. 이 가게는 착한 가격에 질이 좋아 늘 사람들이 붐빈다. 포장된 팩이 눈에 들어온다. 1등급이라고 적혀 있다. 등급이 높을수록 맛이 좋아 주머니 사정이 여의치 않아도 큰 맘 먹고 좋은 물건을 선택하게 된다. '등급'이라는 글자를 보니 아이가 한 말이 떠오른다.

　"엄마 저희가 개나 돼지와 다를 바 없어요."

　나는 왜 그런 말을 하느냐고 나무랐다. 자신을 비하하는 말을 하는 게 마땅치 않았고 무슨 일이 있나 걱정이 앞섰다. 학교에서도 등급을 매기잖아요. 1등급부터 9등급까지. 아이가 학업 스트레스를 많이 받고 있는 모양이다. 아직 고등학교 1학년이라 느긋할 줄 알았는데 그게 아닌 모양이다.

우리나라가 OECD 국가 중 청소년 행복지수가 가장 낮다고 한다. 공부를 잘하든 못하든 정규대학을 졸업해야 사람 대접받는 사회가 되어버렸다. 하지만 현실은 취업문이 좁다고 아우성이다. 대학 졸업장이 더는 경쟁력이 못 되는 것 같다. 어려서부터 공부 스트레스를 받아오다가 고등학교에 들어가면 절정에 달한다.

학교는 수능을 향해 달리느라 삶의 지혜를 가르칠 시간이 없다. 학교 선생님은 급한 불부터 끄고 봐야 하는 현실이 안타깝다고 한다. 외면할 수 없는 현실이 서로의 마음을 불편하게 할 뿐이다. 누구를 탓하랴. 사회가 이미 줄 세우기에 익숙해졌음을 부인할 수 없다. 세계에서 유례없는 학력을 자랑하지만, 노벨상 하나 받지 못하는 아이러니를 어떻게 설명해야 할까.

아이가 풀어야 할 문제집이 책상 위에 수북하게 쌓여 있다. 저 많은 문제집을 언제 다 푸나 싶다. 문제를 잘 푸는 아이가 수능을 잘 봐서, 좋은 대학에 가는 구조다. 문제를 푸는 방법을 익히고 출제 경향을 파악하느라 책을 읽을 틈이 없다. 친구와의 관계도 경쟁 관계다. 그러니 우정이라는 말이 사치스러울 때가 있다. 나도 두 아이를 키우는 대한민국 엄마로서 욕심이 없을 수는 없다. 성적이 잘 나오면 기쁘고 그렇지 못하면 내가 뒷바라지를 못 해서 그런 것은 아닌가 하는 생각이 든다.

기말고사에 영어 시험을 망쳤다며 아이가 힘들어한다. 어떻게 대처해야 할까. 마음은 편치 않지만 표현할 수가 없다. 점수가 잘 나올 때도 있고 못 나올 수도 있으니 너무 낙심 말라며 태연한 척했다. 짧은 시간 많은 생각이 우주 한 바퀴를 돌아 바닥에 쿵 내려앉는다. 정신이 번쩍 든다. 건강한 것만으로도 고맙다고 했다. 그 마음 고3이 되어도 변치 않았으면 좋겠단다.

아이가 직업에 도움이 되는 학과를 선택하겠단다. 자신이 하고 싶은 일을 하면 생계에 위협을 받는다고 했다. 꿈꾸기보다 현실을 너무 일찍 알아버린 아이를 물끄러미 바라본다. 대학에서 전공과목보다 취업 관련 책을 더 많이 보고 있는 실정이다. 대학이 지성의 전당이 아니라 취업공부 열기로 뜨겁다. 아이들만 탓할 수 없을 것 같다. 현실이 아이들을 그렇게 몰고 가는 것은 아닌지 모를 일이다.

　대학을 졸업하고 취직이 되지 않으면 대학원을 진학하는 경우가 많다. 부모의 허리는 휘어간다. 성인이 되어도 자립하지 못하고 부모에게 기대어 살아가는 캥거루족이 늘어나고 있다. 엄마로서 남의 이야기 같지 않다. 조카도 전공을 살리지 못하고 다른 일을 한다. 대학에서 전공했던 것을 현실에 적용하기란 쉽지 않다. 대학은 빠르게 변화하는 사회를 감당하지 못하는 게 사실이다.

　격세지감을 느낀다. 노력하면 되는 시절에 우리는 청춘을 보낸 것 같다. 지금은 노력만으로 되는 시절은 아닌 것 같다. 1등급부터 3등급까지는 치킨을 시켜먹고, 4등급부터 6등급까지는 치킨을 튀기고, 7등급부터 9등급까지는 치킨을 배달한다는 우스갯소리를 듣고 차마 웃지 못했던 기억이 난다. 사 온 고기를 굽는다. 집에 있을 때만이라도 '등급'이라는 말을 잊고 편안해졌으면 한다. 쌈을 싸서 먹는 아이의 모습이 왠지 힘겨워 보인다.

이청득심(以聽得心)

스마트 폰이 나온 지 오래되었지만, 나는 여태 폴더 전화기를 쓰고 있다. 디자인이 예쁜 스마트 폰을 보면 혹하는 마음은 잠시뿐 손때 묻은 폴더 전화기가 편하게 느껴진다. 친구들이 사십 대가 효도 폰은 어울리지 않는다며 놀리기도 한다. 컴퓨터나 스마트 폰으로 소통하는 일은 일상이 된 지 오래다. 버스를 타면 고개 숙인 사람을 자주 본다. 스마트 폰에서 눈을 떼지 못한다. 옆에 누가 앉아 있는지 모른다. 가상공간에서 네트워크를 통해 소통하고 있지만 깊이 있는 인간관계를 맺는다고 보기는 어렵다. 지하철이나 버스에서 책을 읽는 모습은 사라져

가고 있다. 사색의 즐거움 대신 화려한 영상이 우리의 시선을 빼앗아버렸다.

우리 집의 풍경도 다르지 않다. 스마트 폰을 만지는 아이와 대화를 나누기란 쉽지 않다. 묻는 말에 건성으로 답하고 이내 가상공간으로 눈길이 간다. 눈을 마주 보고 이야기를 하려면 싫은 소리를 해야 한다. 같은 공간에 있지만 보이지 않는 벽이 자리 잡고 있는 것 같다. 소통이라는 말을 많이 하지만 정작 문제가 생길 때 대화로서 소통하는 경우는 드물어 보인다. 옛 성현들이 '이청득심(以聽得心)'이라 했다. 마음을 얻으려면 상대방의 말을 잘 들어 주어야 한다. 눈을 맞추고 상대방의 말을 경청하고 있음을 보여주어야 한다. 이제 고개를 들어 한 번쯤 상대방의 말에 귀 기울여 보는 것은 어떨까.

내 휴대폰이 점점 조용해지고 있다. 모두 스마트폰으로 소통하다 보니 나를 어느새 잊어가는 모양이다. 친구가 카톡이 되지 않는 내게 문자를 보냈다. 카톡으로 안부를 묻고 정보도 공유하는데 스마트폰으로 바꿔서 함께했으면 한다는 내용이었다. 본의 아니게 친구에게 번거로움을 주었다. 나는 스마트폰으로 바꿀 마음이 없다. 정들었던 폴더 전화기가 수명을 다할 때까지 함께 할 생각이다. 내가 살아가는 방식이 시대에 뒤떨어진 낡은 것일 수도 있다. 하지만 아직은 기계음보다 사람 소리에 더 귀 기울이고 싶다.

주머니 없는 옷

눈을 뗄 수가 없다. 문장을 읽고 또 읽는다. 한 줄을 조심스럽게 지운다. 다음으로 넘어간다. 단락이 전체와 어우러지지 않는다. 지우고 다시 써야 하나 고민이 된다. 이 단락까지 지우고 나면 글의 길이가 너무 짧아질 것 같다. 그렇다고 두자니 자꾸 눈에 걸린다. 책 출간을 앞두고 파일에 저장해 두었던 작품을 퇴고하는 중이다. 작품이라고 하지만 읽어보니 제대로 된 것이 별로 없는 것 같다. 이것이 내 글쓰기의 현주소임을 뼈저리게 느낀다.

옆도 보지 않고 살았다. 어느 날 나를 돌아보니 헛헛한 마음을 감출 수 없었다. 무엇으로도 마음이 채워지지 않았다. 그때쯤 수필 쓰기를 시작하였던 것 같다. 수필 한 편을 쓰는 일도 녹록지 않았다. 문학과 먼 삶을 살아온 내게 글쓰기는 처음부터 어울리지 않았는지 모른다. 그런데 수필이 묘한 매력이 있었다. 수필 한 편을 쓰고 나면 마음이 치유되었다. 그래서 더 몰입하게 되었는지 모른다.

수필 쓰기를 통해 허한 마음이 조금씩 사라지고 삶에 대해 끊임없이 질문하게 되었다. 욕망이 커지면 커질수록 모난 부분이 더 도드라졌다. 하나를 채우면 또 하나를 채우고 싶었다. 원하는 것을 얻어도 별로 행복하지 않았다. 자본주의는 끊임없이 욕망을 부추기고 마음은 내려놓아야지 하면서도 움켜쥐는 것이 살아가는 이유가 되어버린 나 자신이 보이기 시작했다.

작년에 엄마가 돌아가셨다. 그때 수의에 주머니가 없다는 것을 알게 되었다. 저승 가는 길은 아무것도 필요하지 않은 모양이다. 생전에 열심히 살았지만 떠날 때 옷 한 벌 입고 가셨다. 이승에 온 흔적을 내려놓고 가는 길은 가벼워 보였다. 오래전 엄마가 딸이 수의를 해 주면 무병장수한다는 말을 하였다. 그때는 죽음이 먼 나라 이야기 같아 별생각 없이 해드렸는데 그 옷이 엄마의 마지막 옷이 되었다. 시간 날 때마다 엄마는 수의를 만지고 쓰다듬었다. 그때 무슨 생각을 했을까.

끊임없이 타인에게 향한 내 손가락이 부끄럽게 다가왔다. 내면 깊숙이 곪았던 감정들이 글과 함께 쏟아져 나오면서 새살이 돋았다. 글을 퇴고하면서 내 삶도 한 번 살펴봐야겠다는 생각이 든다. 버리고 다듬을 곳이 많을 것이다. 문장만 고칠 것이 아니라 생의 반환점에 접어든 내 삶도 한 번쯤 교정이 필요한 것 같다. 나이 들수록 내려놓기에 많이 인색했다.

망설이던 단락을 지우기로 했다. 글의 길이가 짧아졌다. 찬찬히 읽어보니 글이 나쁘지 않다. 주제가 더 선명하게 드러나는 것 같다. 수필 한 편의 길이가 원고지 12~15매 분량이다. 길이를 의식해서인지 지우기가 쉽지 않았다. 글이 짧아질까 걱정이었고 독자가 이해하지 못할까 봐 스스로 설명하려 했다. 굳이 설명하지 않아도 독자가 행간에서 의미를 찾을 수 있을 텐데 괜한 걱정을 한 것이다.

욕심 부리지 말라고 주머니 없는 옷이 말해주지 않았던가. 내게 글쓰기의 과정은 나를 돌아보고 하나씩 내려놓는 과정이기도 하다. 글도 욕심을 부리니 문장이 길어졌다. 화려한 수식어를 찾아 치장하려 했다. 현란한 문장이 멋있어 보였다. 하지만 시간이 지나고 다시 읽어 보니 내게 맞지 않은 옷을 입은 느낌이었다. 수식어를 지워보았다. 처음에는 낯설었지만 깔끔한 문장이 마음에 들었다. 글도 군더더기를 벗고 나니 가벼워졌다. 내 삶도 가벼워지는 법을 배워야 할 것이다.

소라 껍데기

바다가 잔잔하다. 새들이 창공을 자유롭게 비행한다. 오랜만에 외출이라 숨통이 트이는 것 같다. 눈을 감고 바다 냄새를 음미한다. 비릿함이 얼굴을 스친다. 해변에 소라가 널브러져 있다. 깊은 수심에서 어인 일로 여기까지 왔을까. 안이 텅 비어 있어 귀에 대어본다. 자신의 고향을 기억하는 듯 바닷소리가 들린다. 소라가 알맹이를 다 내어 주고 여행자의 귀를 호사시켜 준다.

결혼하고 연년생으로 아들을 얻었다. 육아를 위해 다니던 직장을 그만두었다. 연년생을 키운다는 것은 내게 많은 것을 포기하게 하였다. 여자라는 것도 가끔 잊었다. 힘들 때도 있었지만 아이가 주는 기쁨이 컸기에 앞만 보고 살았다. 첫걸음마 떼고 엄마라고 불렀을 때 벅찬 감동은 아직도 잊을 수가 없다. 엄마가 되어 간다는 것이 숭고한 일이라는 것을 느꼈다. 시간은 생각보다 빨리 지나갔다. 이제 아이가 자라서 둘 다 고등학생이 되었다.

수능이라는 고지를 향해 아이들이 기숙사를 선택했다. 집에서는 컴퓨터와 스마트 폰이 방해가 되기에 규칙이 엄격한 기숙사에 들어가 공부해야 한다는 것이 아이들의 의견이었다. 대한민국은 태어나면서 수능을 향해 달린다고 해도 과언이 아니다. 현실적인 문제를 두고 응원해 주기로 했다. 기숙사에 필요한 물건을 거실로 꺼내어 놓았다. 이사 가는 것처럼 짐이 가득하다. 아이를 세상 밖으로 내보내는 것 같아 섭섭하고 허전하였다. 따뜻하게 못 해준 것이 떠올랐다.

아이가 중학생일 때 찾아온 사춘기는 시한폭탄과도 같았다. 한 녀석도 힘들다고 하는데 두 녀석을 감당하기에 벅차기만 했다. 많이도 울었다. 아이를 이해하기보다 왜라는 말을 많이 했다. 반듯한 길로 가야 한다고 아이에게 윽박질렀다. 사이버 세상에 빠진 아이들은 내 말을 귀담아듣지 않았다. 남편이 나섰지만 참담한 결과만을 남기고 폭풍전야처럼 가슴 졸이며 지내는 날이 많았다. 사춘기가 지나기만을 고대하며 하루하루를 보냈다. 겨우 사춘기가 끝나는가 싶었는데 아이들이 기숙사로 떠난다고 하니 별생각이 다 오간다.

아이의 온기가 빠져 나간 집은 껍데기만 남은 듯 허허롭다. 아이들 방에 나 혼자 오도카니 앉아 있다. 마음에 찬 바람이 지나간다. 남편과 둘이 남았다. 앞으로 그려질 내 인생의 풍경이다. 한 번도 아이가 없는 풍경을 생각해보지 못했기에 낯설기만 하다. 무뚝뚝한 남편이 적막을 깨고 입을 연다. 이제 우리 인생 살자며 처진 내 마음을 위로한다. 아이들의 빈자리가 익숙해지는데 시간이 필요할 것 같다. 어려서 많은 기쁨을 준 아이들이 보고 싶을 때 지난 추억이 약이 될 것이다.

나도 엄마의 단단한 품속에 살다가 알맹이만 쏙 빠져 나오지 않았던가. 결혼을 하고 혼인 신고를 했는데 엄마가 서운함을 드러내었다. 그때는 당연한 일을 가지고 왜 그러는지 엄마 마음을 이해하지 못했다. 별스럽다고 생각했다. 서류상으로 남의 아내가 된 딸이 서운했을 것을 이제야 조금 이해하게 되었다. 막내인 나마저 떠난 빈자리가 엄마는 허전하였을 것이다. 결혼 안 한다고 타박이더니 결혼하고 나니 섭섭하단다. 부모가 되어서야 엄마의 심정을 조금이나마 헤아려 본다.

근처 횟집에 들렀다. 오랜만에 외출이니 입도 호사를 누려야 할 것 같다. 제철의 소라 맛을 보러온 여행객이 더러 보인다. 소라 무침을 시켜 놓고 잔잔한 바다를 바라본다. 아이들이 앞으로 살아갈 인생이 오늘 이 바다처럼 잔잔할 수만은 없을 것이다. 때론 거친 파도를 만나 좌절의 쓴맛을 느끼며 조금씩 성장할 것이다. 이제 아이들에게 보호막이 되어 줄 수가 없다. 오롯이 제 몫으로 세상을 헤쳐 나가야 할 것이다.

주문한 소라무침이 나왔다. 야들야들하고 부드러운 식감에 입맛이 도는 것 같다. 아이들을 기숙사에 들여보내고 입맛을 잃었다. 남편과 둘이 앉은 식탁이 낯설었고 남는 시간에 뭘 해야 할지 공허하기만 했다. 식당 주인이 소라는 버릴 것이 없다고 한다. 알맹이는 맛있는 식자재로 쓰이고 껍질은 자개나 단추, 바둑돌을 만드는 데 쓰인단다. 아이들을 보내고 나는 껍데기만 남았다고 생각했다. 소라의 쓰임이 이렇게 다양한 줄 모르고 있었다. 알맹이의 가치만 알았지 껍데기는 별로 신경 쓰지 못했다.

생각에 바퀴를 달아주는 것이 여행이 주는 묘미일까. 한 번도 해보지 못했던 생각을 하게 한다. 낯선 공간에서 나의 감각이 열려 있는 듯하다. 무침회를 먹으며 마음을 다잡는다. 나 자신도 엄마의 품을 떠나 지난 시간을 잘 견뎌내었듯이 아이도 자신의 길을 찾아 잘 성장할 것을 믿는다. 소라껍데기의 운명처럼 나도 뭔가를 할 수 있지 않을까. 무거웠던 마음이 가벼워지는 것 같다. 아이의 빈방을 보고 심란해 하던 것을 접고 앞날에 행운이 있기를 기도한다.

소라를 주워 멀리 바닷속으로 던진다. 고향으로 돌아갈 수 있을지 몰라서다. 포물선을 그리며 소라가 사라진다. 나는 돌아갈 고향이 없다. 부모님이 돌아가시고 나니 더는 고향이 아니었다. 하지만 그건 나의 착각이었던 것 같다. 그 공간에 남아 있던 수많은 기억을 나는 아주 잊고 있었다. 그곳에 젊은 시절 부모님이 우리를 키운 흔적이 고스란히 남아있지 않은가. 추억할 수 있다는 것만으로 고향으로서 충분한 가치가 있음을 모르고 살았다. 잊고 살았던 고향을 한 번 다녀와야겠다.